L'Homme au Sable

ÉTONNANTS • CLASSIQUES

HOFFMANN

L'Homme au Sable

Traduction de LOÈVE-VEIMARS

Présentation, notes, chronologie et dossier par
ALINE BUNOD,
professeur de lettres

GF Flammarion

Le fantastique
dans la collection «Étonnants Classiques»

BRADBURY, *L'Heure H et autres nouvelles*
  L'Homme brûlant et autres nouvelles
BUZZATI (Dino), *Nouvelles étranges et inquiétantes*
CHAMISSO, *L'Étrange Histoire de Peter Schlemihl*
Contes de vampires (anthologie)
GAUTIER, *La Morte amoureuse. La Cafetière et autres nouvelles*
GOGOL, *Le Nez. Le Manteau*
HOFFMANN, *L'Enfant étranger*
  L'Homme au Sable
  Le Violon de Crémone. Les Mines de Falun
KAFKA, *La Métamorphose*
LE FANU (Sheridan), *Carmilla*
MATHESON, *Au bord du précipice et autres nouvelles*
  Enfer sur mesure et autres nouvelles
MAUPASSANT, *Le Horla et autres contes fantastiques*
MÉRIMÉE, *La Vénus d'Ille*
Monstres et Chimères (anthologie)
Nouvelles fantastiques 1, Comment Wang-Fô fut sauvé et autres récits
Nouvelles fantastiques 2, Je suis d'ailleurs et autres récits
POE, *Le Chat noir et autres contes fantastiques*
POUCHKINE, *La Dame de pique et autres nouvelles*
SHELLEY, *Frankenstein*
STEVENSON, *Le Cas étrange du Dr. Jekyll et de Mr Hyde*
STOKER, *Dracula*
VILLIERS DE L'ISLE-ADAM, *Véra et autres nouvelles fantastiques*
WILDE, *Le Fantôme de Canterville et autres nouvelles*

© Éditions Flammarion, 2008
ISBN : 978-2-0812-2358-5
ISSN : 1269-8822

SOMMAIRE

■ Présentation 5
Hoffmann, artiste et homme de loi — 5
Un fantastique nouveau... — 8
... qui se fait l'écho de son temps — 10
Structure de *L'Homme au Sable* — 14
Portée du texte — 21

■ Chronologie 25

L'Homme au Sable

■ Dossier 87
Portraits — 88
Effet grossissant : la structure de l'œuvre — 88
Par le petit bout de la lorgnette : au fil du texte — 90
Littérature fantastique : automates et autres statues vivantes — 94

■ E.T.A. Hoffmann, autoportrait.

PRÉSENTATION

Hoffmann, artiste et homme de loi

L'auteur de ce récit étrange et effrayant qu'est *L'Homme au Sable* est un écrivain d'expression allemande né le 24 juin 1776 à Königsberg (aujourd'hui Kaliningrad, en Russie) : Ernst Theodor Wilhelm[1] Hoffmann. Il est le fruit d'un mariage bourgeois : de père en fils, les Hoffmann – branche paternelle – sont pasteurs ou hommes de loi, et les Doerfer – branche maternelle – magistrats ou fonctionnaires.

En 1778, lorsque ses parents divorcent, le petit Ernst, qui n'a que deux ans, est confié à sa mère. Son père disparaît presque complètement de sa vie. Il grandit alors entre une mère dépressive qui ne sort pas de sa chambre et son oncle Otto qui le tyrannise.

À douze ans, enfant précoce, Ernst déchiffre n'importe quelle partition au piano et au violon et il est capable de composer correctement des petites pièces. Il montre également de grandes aptitudes pour le dessin, notamment pour la caricature, très en vogue à cette époque. Ces nombreux talents l'orientent tout naturellement vers une carrière artistique mais son oncle lui

---

[1]. En 1804, il remplacera ce troisième prénom par Amadeus, en hommage au compositeur Mozart.

impose d'étudier le droit, comme il convient à un descendant des Hoffmann et des Doerfer. En mai 1800, il est ainsi reçu à son examen terminal de droit et envoyé à Posen (Pologne), chez son oncle Johann, qui est magistrat. Il travaille avec sérieux au tribunal tout en s'adonnant à la musique et à la peinture.

L'enfance d'Hoffmann a donc porté en germe la destinée d'un homme sans cesse tiraillé entre son goût pour les arts (dessin, peinture, musique et, plus tard, littérature, théâtre) et son métier d'homme de loi. Quinze ans après avoir obtenu son diplôme de juriste, il se plaint de cet état à son ami Theodor Hippel : « Quand j'étais enfant ou jeune homme, j'aurais dû me consacrer entièrement à l'art et ne penser à rien d'autre. Mais aussi, mon éducation a contrarié toutes mes dispositions. »

Après son séjour à Posen, où il épouse Maria Thekla Michalina Rohrer (Micha), il se rend à Varsovie. Là, en 1805, le couple donne naissance à une petite fille, Cécile. Hoffmann continue d'exercer le droit tout en se livrant à sa passion pour l'art : il devient directeur de l'Académie de musique, en dirige l'orchestre et conçoit des plans pour la rénovation du bâtiment ; il peint des fresques dans des galeries.

En 1807, un an après l'entrée des troupes napoléoniennes à Varsovie et alors que des fonctionnaires français remplacent les fonctionnaires prussiens [1], Hoffmann perd son emploi et se rend seul à Berlin. Il apprend bientôt la mort de sa petite fille. Sa femme est gravement malade. Lui-même n'est pas épargné : pour la première fois, il est victime d'importants troubles nerveux.

Hoffmann, qui, enfant, a déjà été confronté à la maladie de sa mère, manifeste alors un intérêt, qui ira grandissant, pour la psychologie et surtout pour le paranormal, fréquentant les milieux

---

1. Voir chronologie, p. 28.

médicaux et lisant les ouvrages les plus récents consacrés aux maladies mentales [1].

De 1808 à 1814, il occupe à Bamberg (Bavière), à Dresde et à Leipzig (Saxe) les fonctions de maître de chapelle [2] et de directeur musical de théâtre tout en poursuivant ses activités de peintre et de dessinateur, et en s'adonnant à l'écriture. Ces années, caractérisées par une intense créativité – il compose notamment *Ondine* (un opéra) et *Don Juan* (un conte fantastique) –, sont aussi marquées par une fréquentation assidue des tavernes. À Dresde et à Leipzig, en 1813, il assiste avec une curiosité mêlée d'horreur aux combats contre les troupes napoléoniennes, qui annoncent la libération prochaine de la Prusse [3]. Particulièrement prolifique au cours de l'année 1814, il écrit trois cents pages d'un roman, *Les Élixirs du diable*, une comédie, trois ou quatre nouvelles, des articles pour la *Gazette musicale*... Les deux premiers volumes des *Fantasiestücke in Callot's Manier* (*Fantaisies à la manière de Callot*), qui paraissent cette année-là, lui valent un énorme succès. Atteint d'une crise de goutte qui l'immobilise, il est soigné par le docteur Kluge, auteur d'un *Essai sur le magnétisme animal*. Ensemble, ils parlent d'hypnotisme et de maladies mentales.

À la fin de l'année, la chance lui sourit à nouveau : il obtient le poste important de conseiller à la Cour suprême, à Berlin. Là, il se lie d'amitié avec les principaux écrivains romantiques de son époque (La Motte-Fouqué, Chamisso). De plus en plus malade,

---

[1]. Dans *L'Homme au Sable*, son intérêt pour la psychologie est très perceptible. Freud (1856-1939) s'appuiera d'ailleurs sur *L'Homme au Sable* dans l'un de ses *Essais de psychanalyse appliquée* consacré à ce qu'il nomme l'« inquiétante étrangeté » (1919).
[2]. *Maître de chapelle* : personne qui dirige les instrumentistes et les chanteurs d'une église.
[3]. Voir chronologie, p. 28.

il écrit cependant sans discontinuer. En 1817, paraissent ses *Nachtstücke* (*Contes nocturnes*), dans lesquels figure *L'Homme au Sable*, et, entre 1817 et 1821, un roman extravagant, *Le Chat Murr* (autobiographie d'un matou lettré), et encore le recueil de contes intitulé *Les Frères Sérapion*, dans lequel il présente ses récits comme s'ils étaient racontés par ses compagnons de cabaret.

Au cours de l'été de 1821, il est démis de ses fonctions de magistrat pour avoir affronté le chef de la police dans une affaire d'arrestation politique.

La maladie l'oblige à garder le lit, et Hoffmann meurt le 25 juin 1822 avant de connaître l'issue de l'action judiciaire qui lui est intentée.

Un fantastique nouveau...

Lorsque, dans des articles parus dans le journal *Le Globe* le 2 août 1828 et le 26 décembre 1829, deux journalistes, Duvergier de Hauranne et Jean-Jacques Ampère, se demandent qui peut renouveler la littérature d'imagination, ils répondent tous deux : Hoffmann. Lassés, comme nombre de leurs contemporains, du « merveilleux allégorique » qui endort et du « merveilleux mécanique d'Ann Radcliffe » qui fatigue à force de « terreurs à froid, de peurs de sens rassis, de lieux communs de l'horreur, de visions qu'on a vues partout », ils remarquent l'originalité des récits d'Hoffmann, qui révèlent un univers secret, à la limite du visible et de l'invisible, un merveilleux d'ordre plus intime.

En effet, ses récits se distinguent du conte de fées – où « l'enchantement va de soi », où le surnaturel n'est « pas épouvantable, puisqu'il constitue la substance même de l'univers, sa loi, son climat[1] » – et des histoires d'inspiration gothique, en vogue à l'époque – caractérisées par les châteaux hantés, les cadavres encore saignants, les revenants. Dans ces histoires, à la différence du conte de fées, les personnages appartiennent au même univers rationnel que celui du lecteur, et le fantastique est provoqué par un phénomène irrationnel engendrant la peur. On retrouve ces éléments dans les contes d'Hoffmann, mais la singularité de ses récits tient à la suspicion qui entoure systématiquement le phénomène. Le lecteur et le personnage s'interrogent : a-t-il une origine extérieure au sujet qui lui est confronté ou est-il à rechercher dans le sujet, par exemple dans ses dérèglements psychiques ? Théophile Gautier indique ainsi, en 1836, dans un article paru dans la *Chronique de Paris* : « Hoffmann décrit des hallucinations cruellement présentes à la conscience affolée et dont le relief insolite se détache d'une manière saisissante sur un fond de réalité familière. »

Notre auteur explore donc des territoires jusque-là inconnus. Il s'aventure là où personne n'est encore allé, creuse, interroge, fouille au plus intime de l'être.

Ce fantastique, riche et complexe, mais surtout nouveau dans la démarche qu'il adopte, ne peut faire qu'une large place aux découvertes scientifiques et médicales de l'époque : élaboration d'automates, premiers travaux sur le magnétisme, débuts de la psychologie comme science... Hoffmann se les approprie pour nourrir une réflexion sur l'homme et ses possibilités.

---

1. Roger Caillois, « De la féerie à la science-fiction », préface de l'*Anthologie de la littérature fantastique*, Gallimard, 1966, p. 8-9.

... qui se fait l'écho de son temps

Un thème à la mode : les automates

Alors que les automates sont très en vogue au XVIIIe siècle, la littérature de cette époque ne s'y intéresse pas : « le caractère exceptionnel des réalisations techniques [a peut-être] pendant un temps suffi à l'émerveillement du public et freiné les élans de l'imagination [1] ». Hoffmann participe à l'enthousiasme général que suscitent encore au XIXe siècle les créatures artificielles. Non content de parcourir les salons à la mode afin de connaître les dernières découvertes en la matière, il en fait le sujet de quelques-uns de ses récits. Il permet ainsi à la littérature d'imagination de s'emparer du thème, avec près d'un siècle de retard par rapport aux premières inventions. Sa nouvelle *L'Automate* témoigne de sa connaissance des perfectionnements techniques auxquels les inventeurs étaient parvenus.

L'intérêt d'Hoffmann pour ces créatures, remarquable dans *L'Homme au Sable*, dépasse de très loin la simple curiosité pour l'aspect purement mécanique. Devant ces réalisations, mues par un mécanisme intérieur et qui semblent douées d'autonomie, il s'interroge, comme ses contemporains, sur leurs possibilités et leurs limites. Sont-elles capables d'imiter la vie au point de s'y substituer ? Peut-on faire l'économie d'une âme qu'on pensait jusque-là indispensable pour rendre compte du comportement humain ? Parce que les automates remettent en cause des

---

1. Annie Amartin-Serin, *La Création déifiée, l'homme fabriqué dans la littérature*, PUF, coll. « Littératures européennes », 1996, p. 28.

principes essentiels – le principe de la création, le rapport entre la vie et la mort... –, ils sont source d'angoisse.

À la même époque, les recherches dans le domaine du magnétisme, qui laissent envisager la possibilité d'insuffler une forme de vie à des objets inanimés, font naître des espoirs fous au sujet de ces créatures artificielles [1].

L'engouement pour le magnétisme

Au début du XIXe siècle, en opposition aux excès du rationalisme des Lumières, les sciences occultes connaissent une grande faveur en Europe, et notamment à Berlin : « Mille superstitions rede[viennent] à la mode et les sectes innombrables du XVIIe siècle [ont] de nouveaux enthousiastes. [...] L'engouement [va] si loin qu'on fond[e] à l'Université de Berlin deux chaires consacrées à l'enseignement du magnétisme [2]. » À ce sujet, Baudelaire souligne dans un de ses ouvrages qu'une « tendance mystique se répand partout et cherche à supplanter toute connaissance scientifique [3] ».

Le succès de Mesmer (1734-1815), fervent adepte du magnétisme, n'est donc pas étonnant. Sa vision du monde, pour laquelle Hoffmann manifeste un intérêt certain, s'éloigne en effet de tout rationalisme : il s'agit d'« une conception harmonieuse de l'univers, tenu par un fluide invisible baignant les astres et la terre, la

---

1. Déjà en 1786, le physicien italien Luigi Galvani, par ses travaux, laisse croire à la possibilité de « ranimer un cadavre » (comme l'indique Mary Shelley dans sa préface de 1831 à *Frankenstein*, voir dossier, p. 98). Il découvre par hasard que, sur une table où fonctionne une machine électrique, en approchant un scalpel des nerfs des cuisses d'une grenouille fraîchement tuée, il provoque une violente contraction musculaire chez l'animal. Il conclut à l'existence d'une électricité propre à l'animal.
2. Jean Mistler, *Hoffmann le fantastique*, Albin Michel, 1982, p. 184.
3. Baudelaire, *Variétés critiques*, G. Crès, 1924, t. II, p. 111-113.

nature animée comme la nature inanimée dans un mouvement lui-même harmonieux, semblable aux marées et provoquant dans les corps physiques des réactions comparables à celles de l'aimant[1] ».

Intérêt pour la psychologie

Il est un autre domaine tout à fait nouveau qui intéresse aussi Hoffmann : la psychologie. De santé fragile, très sensible, il est sujet à des hallucinations et à des moments d'intolérable tension nerveuse. Pour mieux comprendre son propre fonctionnement, il note dans son journal les différentes dispositions d'esprit qu'il remarque en lui, traçant un « baromètre psychologique » des plus contrastés. En voici un aperçu : « humeur romantique et religieuse ; humeur exaltée humoristique, tenant de la folie ; humeur exaltée musicale ; humeur romantique désagréablement exaltée, capricieuse à l'excès, poétiquement pure, très confortable, roide, ironique, très morose, excessivement caduque, exotique, misérable[2] ».

Tel un psychologue, il se passionne « pour tous les phénomènes morbides qui peuvent troubler la conscience claire et voisiner avec la folie », interroge des aliénés. « Je crois précisément, par les phénomènes anormaux, que la Nature nous accorde de jeter un regard dans ses plus redoutables abîmes, indique-t-il ; et, de fait, au cœur même de cet effroi qui m'a saisi souvent à cet étrange commerce avec les fous, des intuitions et des images surgirent maintes fois à mon esprit, qui lui donnèrent une vie,

---

1. Philippe Forget (éd.), in E.T.A. Hoffmann, *Tableaux nocturnes*, Éditions de l'Imprimerie nationale, 1999.
2. Marcel Schneider, *Histoire de la littérature fantastique en France*, Fayard, 1985, p. 151.

une vigueur et un élan singulier[1]. » Et cet éclairage nouveau sur l'homme et sur ses motivations – Pourquoi agissons-nous ainsi ? Sommes-nous maître de notre destinée ? Quelles sont ces forces qui nous poussent là où nous ne voulons pas aller ? – trouve un écho dans le fantastique hoffmannien. Ainsi le long poème de Nathanaël rédigé sous l'emprise d'une folie incompréhensible est-il, selon la terminologie médicale, l'expression d'un « fantasme ». Au sens clinique, c'est un scénario imaginaire figurant, d'une manière plus ou moins travestie, un désir inconscient. D'où l'emphase, la grandiloquence, le style métaphorique, la confusion des associations d'images repérables dans les vers du jeune homme.

En conclusion, le fantastique hoffmannien se nourrit des découvertes scientifiques et psychologiques de son temps, qui s'inscrivent dans un contexte caractérisé par la libération de l'imaginaire et la renaissance de l'irrationnel. Cette forme de fantastique s'affirme comme une esthétique de la transgression. Les écrivains qui s'y essaient brouillent les structures logiques de la pensée, les repères spatio-temporels, les frontières entre la vie et la mort, entre l'animé et l'inanimé, l'humain et le non-humain. La création artificielle trouve là un terrain favorable à son avènement.

Cette forme de fantastique se fait également l'écho d'une révolte plus générale contre l'ordre du monde, qui s'incarne dans les personnages du savant fou et de l'apprenti sorcier, à la fois prestigieux et inquiétants.

---

[1]. Propos cités par Albert Béguin, *L'Âme romantique et le rêve*, José Corti, 1992, p. 402.

Structure de *L'Homme au Sable*

Un cadre réaliste

Le fantastique, nous l'avons vu, se définit notamment par l'intrusion du surnaturel dans un cadre familier : « Tout fantastique est rupture de l'ordre reconnu, irruption de l'inadmissible au sein de l'inaltérable légalité quotidienne[1]. » Selon Tzvetan Todorov, il repose aussi sur une hésitation fondamentale du lecteur qui ne sait s'il doit opter pour une explication rationnelle du phénomène singulier ou s'il doit accepter l'existence à part entière du surnaturel dans l'univers représenté. « L'ambiguïté se maintient jusqu'à la fin de l'aventure : rêve ou réalité ? Vérité ou illusion ? [...]. Le fantastique occupe le temps de cette incertitude ; dès qu'on choisit l'une ou l'autre réponse, on quitte le fantastique pour entrer dans un genre voisin, l'étrange ou le merveilleux[2]. » Conformément à ces définitions, Hoffmann, dans *L'Homme au Sable*, à la fois donne un cadre familier, réaliste, à son histoire et use d'un certain nombre de subterfuges destinés à faire hésiter le lecteur sur l'interprétation à donner aux événements représentés. L'auteur délimite le « contour » de sa nouvelle. Celui-ci est pris en charge par les trois lettres liminaires, qui ont une valeur documentaire et renforcent l'authenticité du texte. Elles sont ensuite relayées par le récit d'un narrateur qui se porte garant de la véracité de l'histoire qu'il relate, tout en

---

[1]. Roger Caillois, *Au cœur du fantastique*, Gallimard, 1965.
[2]. Tzvetan Todorov, *Introduction à la littérature fantastique*, Seuil, 1970, rééd. coll. « Points », 1976, p. 29.

soulignant son invraisemblance : il s'efforce de transcrire le plus fidèlement possible des événements qu'il juge difficiles à exprimer – « On ne saurait imaginer rien de plus bizarre et de plus merveilleux que ce qui arriva à mon pauvre ami, le jeune étudiant Nathanaël, et que j'entreprends aujourd'hui de raconter » (p. 54).

Grâce aux trois lettres liminaires, Hoffmann nous permet de prendre connaissance des enjeux du récit : comme une scène d'exposition au théâtre, elles donnent à voir les différents protagonistes et introduisent le sujet de l'histoire. Elles exposent la nature du traumatisme de Nathanaël, survenu pendant l'enfance, et la situation du jeune homme au moment où le traumatisme resurgit. Comment douter des faits étranges qu'il rapporte dans sa première lettre à Lothaire ? L'usage de la lettre, la ponctuation et la syntaxe, tout converge vers une transcription fidèle des événements vécus par le héros : « Riez, je vous en prie, riez-vous de moi du fond de votre cœur ! – Je vous en supplie ! – Mais, Dieu du ciel !... mes cheveux se hérissent, et il me semble que je vous conjure de vous moquer de moi [...] » (p. 36).

À ce personnage, le début du texte confronte celui de Clara. Avec la deuxième lettre, Hoffmann oppose la voix de la raison à celle de la démesure. Clara, à qui Nathanaël reproche d'avoir « un esprit si paisible et si calme que si la maison s'écroulait, [elle] aurai[t] encore la constance de remettre en place un rideau dérangé, avant que de [s]'enfuir » (p. 47), est celle qui voit *clair*. Elle s'efforce de contenir le jeune homme dans les limites du rationnel. Elle représente le bon sens et, au même titre que le narrateur qui prend ensuite en charge le récit, apporte une caution morale à l'histoire.

Ainsi le début de la nouvelle s'emploie-t-il à déstabiliser le lecteur, qui, jusqu'à la fin, ne pourra choisir entre une explication rationnelle des événements, telle qu'elle est proposée par Clara, et une interprétation irrationnelle, celle d'un homme dominé par des peurs enfantines.

Les étapes du drame

Celui qui trouble le cadre familier et réaliste du récit, qui introduit l'étrange au cœur de la vie de Nathanaël, est l'Homme au Sable. Ce personnage de conte a traumatisé le héros lorsqu'il était enfant. Ce traumatisme resurgit sans cesse dans la vie de Nathanaël – qui identifie l'Homme au Sable dans différents individus qu'il rencontre – et le conduit à la mort, rythmant le récit. Le drame se déroule donc en plusieurs temps :

– Alors que Nathanaël est enfant, sa mère le menace de la survenue de l'Homme au Sable (figure traditionnelle du marchand de sable) pour le décider à aller se coucher. Le moment de ce « chantage » coïncide avec celui de la visite d'un ami de son père ; l'enfant, qui entend les pas de l'homme sur les marches de l'escalier, identifie cet ami à l'Homme au Sable. Inquiet, il interroge sa mère au sujet de celui-là. Elle le rassure en lui expliquant que l'« Homme au Sable » est seulement une expression signifiant que les enfants ont besoin de dormir. Mais la nourrice accentue la peur de Nathanaël en développant le conte de l'Homme au Sable : « C'est un méchant homme qui vient trouver les enfants lorsqu'ils ne veulent pas aller au lit, et qui leur jette une poignée de sable dans les yeux, à leur faire pleurer du sang. Ensuite, il les plonge dans un sac et les porte dans la pleine lune pour amuser ses petits-enfants qui ont des becs tordus comme les chauves-souris, et qui leur piquent les yeux, à les faire mourir » (p. 38).

– La terrible prophétie de la nourrice se réalise : Nathanaël, qui a remarqué que l'Homme au Sable s'annonce toujours par un pas pesant sur l'escalier, se cache derrière un rideau pour observer la rencontre de l'individu mystérieux et de son père. Il réalise que cet homme est Coppelius, un vieil avocat qu'il a en horreur. Autour d'un fourneau, les deux hommes se livrent à des opérations étranges. Coppelius se met à crier : « Des yeux ! des yeux ! » L'enfant frémit et tombe sur le parquet : il est découvert. Coppelius s'apprête alors à jeter des charbons ardents dans les yeux de Nathanaël, mais, cédant aux supplications du père, il se contente de le manipuler comme un pantin : l'enfant perd connaissance... Lorsque Nathanaël sort de son évanouissement, Coppelius a disparu. L'épisode, qui a eu lieu à minuit, a tout d'une scène diabolique initiée par Coppelius. Associé à ce dernier, le père de Nathanaël lui-même revêt un caractère satanique : « Une douleur violente et mal contenue semblait avoir changé l'expression honnête et loyale de sa physionomie qui avait pris une contraction satanique » (p. 43). Le feu alchimique qu'ils manient rappelle celui de l'enfer.

– Un an plus tard, Coppelius revient. Lors de sa visite, une explosion de laboratoire coûte la vie au père de Nathanaël. Nathanaël est convaincu de la culpabilité de Coppelius, qui a quitté la ville.

– Coppelius resurgit dans l'existence du héros lorsque celui-ci est étudiant à Göttingen. Nathanaël identifie Coppelius dans les traits de Coppola, un marchand de baromètres, qui lui propose de lui vendre des lunettes et des lorgnettes : « z'ai aussi à vendre des youx, des zolis youx ! » (p. 66).

– Lors d'un bref séjour dans sa ville natale, Nathanaël semble avoir retrouvé sa sérénité, mais un poème qu'il compose pour Clara prouve le contraire : dans ses vers, Coppelius touche les yeux de la jeune femme, lesquels s'élancent aussitôt dans le sein du jeune homme.

– De retour à Göttingen, Nathanaël s'éprend d'Olimpia, la « fille » du professeur Spalanzani, qu'il observe à travers une lorgnette vendue par Coppola. Alors qu'il se rend chez le professeur pour demander la jeune femme en mariage, il le surprend aux prises avec Coppola : ils se disputent Olimpia, qui n'est, en réalité, qu'un automate dont il reçoit les yeux en pleine poitrine. Il sombre alors dans une longue période de délire et guérit grâce aux soins de Clara, dans sa ville natale.

– Au cours d'une promenade, Clara et lui montent dans la haute tour de la « maison de ville ». Pour mieux observer le panorama, Nathanaël tire de sa poche sa lorgnette mais il est parcouru d'une agitation frénétique. Il saisit Clara pour la jeter par-dessus la balustrade. Lothaire arrive à temps et délivre sa sœur. Resté seul au haut de la tour, Nathanaël aperçoit dans la foule amassée au pied de l'édifice l'avocat Coppelius. Fasciné, le jeune homme se jette dans le vide en criant d'une voix stridente : « Ah ! des beaux youx ! des jolis youx ! » (p. 86).

Ainsi Nathanaël revit-il à plusieurs reprises la scène primordiale de la confrontation avec l'Homme au Sable : il n'aurait pas dû assister en voyeur aux opérations alchimiques de Coppelius et de son père. Il n'est donc pas innocent que la perception de l'Homme au Sable – lequel manifeste par ailleurs sans cesse son intérêt pour les yeux – engendre chez Nathanaël la peur de perdre précisément ses yeux.

Des motifs récurrents

Disséminés tout au long du texte, nombre de motifs entretiennent des liens étroits avec le traumatisme subi par l'enfant et le prolongent. Ainsi en est-il des lunettes que Coppola sort d'une « poche immense » pour les étaler devant Nathanaël et qui déclenchent chez ce dernier des images hallucinatoires (« Des milliers d'yeux semblaient darder des regards flamboyants sur Nathanaël ; [...] et ces regards devenant de plus en plus innombrables, étincelaient toujours davantage et formaient comme un faisceau de rayons sanglants qui venaient se perdre sur la poitrine de Nathanaël », p. 67). Les lunettes sont ensuite relayées par la lorgnette que Coppola vend au héros, instrument magique qui réduit les distances en rapprochant les objets de celui qui les contemple, qui, braqué sur Olimpia, parvient à lui donner vie (« Olimpia était assise comme de coutume [...]. Les yeux [...] semblaient singulièrement fixes et comme morts : mais plus il regardait à travers la lunette, plus il semblait que les yeux d'Olimpia s'animassent de rayons humides », p. 68) et qui provoque l'hallucination finale de Nathanaël (« [Nathanaël] porta à ses yeux [la lorgnette] et vit l'image d'Olimpia ! Ses artères battirent avec violence, des éclairs pétillaient de ses yeux, et il se mit à mugir comme une bête féroce [...]. Saisissant alors Clara avec force, il voulut la précipiter du haut de la galerie », p. 85). Les instruments d'optique ponctuent ainsi le récit ; ils ne se réduisent pas à une fonction matérielle mais créent un décor fantasmatique.

Un autre motif entretient un lien étroit avec le traumatisme vécu par l'enfant, le feu : le feu de l'expérience alchimique observée par Nathanaël se répète à travers l'explosion qui tue le père de l'enfant et à travers l'incendie qui détruit la chambre du jeune homme à Göttingen. Le mot « feu » associé au « cercle » apparaît d'ailleurs comme un *leitmotiv* qui rythme le récit : dans le poème composé par Nathanaël (« Coppelius s'emparait de lui et le jetait dans un cercle de feu qui tournait avec la rapidité de la tempête [...]. Tout à coup le cercle de feu cessa de tourner, les mugissements s'apaisèrent, Nathanaël vit sa fiancée », p. 60-61), lorsque Spalanzani et Coppola se disputent Olimpia (« Tourne, tourne, cercle de feu !... tourne, belle poupée de bois », p. 81), et tout à la fin, quand Nathanaël reste seul en haut de la tour (« Tourne, cercle de feu ! tourne ! », p. 85).

De même, le rideau apparaît à deux reprises, tissant un système d'échos au sein du texte : c'est derrière un rideau que Nathanaël parvient à surprendre son père et Coppelius se livrant à d'étranges activités ; c'est aussi derrière un rideau qu'il observe Olimpia. Voile qui cache autant qu'il découvre, le rideau apparaît à des moments clés du récit.

Par ailleurs, à la manipulation de Nathanaël, tel un pantin, par Coppelius lors de la « scène primordiale », correspond le spectacle du démembrement d'Olimpia (p. 80-81). Ces épisodes entraînent pour le héros deux terribles crises nerveuses qui sont suivies de deux réveils à la vie.

Nathanaël meurt finalement comme terrassé par une force qui le dépasse ; il se heurte à un phénomène angoissant qu'il interprète en termes de nécessité et de destin : « Quelque chose d'épouvantable a pénétré dans ma vie ! » (p. 35). Tel un héros grec, il se sent manipulé par des forces extérieures, submergé par un réseau de correspondances et de coïncidences. Dans cette perspective, le poème que Nathanaël a composé résume sa propre histoire et préfigure son dénouement : avec les yeux énucléés qui se jettent sur Nathanaël, le cercle de feu qui menace de l'engloutir, la mort de Clara, le tout savamment orchestré par l'abominable Coppelius, on est au cœur de la problématique de *L'Homme au Sable*.

Portée du texte

Condamnation du rationalisme et de l'idéalisme

À travers ce texte, Hoffmann condamne le rationalisme et réagit contre le pur matérialisme. Il donne à voir l'échec de la création d'un être artificiel : l'homme ne peut se réduire à un assemblage purement mécanique.

À l'inverse, il démonte aussi une forme d'idéalisme qui caractérise son époque. En opposant à la vision du monde de Nathanaël celle de Clara, il met en évidence, par contraste et de façon ironique, le caractère néfaste de l'idéalisme de son héros. Incapable de la sagesse qu'incarne Clara, il est précipité vers la mort pour s'être laissé entraîner par de folles élucubrations.

D'un côté, Hoffmann dénonce le ridicule du matérialisme radical, de l'autre, il expose les conséquences absurdes d'un idéalisme absolu. Souvent ironique, parfois sarcastique, le texte se joue des catégories, évitant soigneusement d'adopter une position tranchée. Ce qui intéresse Hoffmann n'est pas là, mais au cœur d'une problématique inhérente à son époque : celle des limites et du pouvoir du langage.

Interrogation sur les limites et le pouvoir du langage

Dès le début de la nouvelle, Nathanaël soulève la difficulté d'exprimer ce qu'il a ressenti : « Ah ! mon bien-aimé Lothaire ! comment te ferai-je comprendre un peu seulement… » (p. 35-36). Nathanaël a peur d'être moqué en racontant ce qu'il a vécu, mais il craint aussi de ne pouvoir rendre compte des événements avec suffisamment de précision.

Plus loin, lorsqu'il s'efforce de raconter ce qu'il sait de cette histoire, le narrateur est confronté aux mêmes difficultés : « On voudrait reproduire au premier mot, tout ce que ces apparitions offrent de merveilles, de magnificences, de sombres horreurs, de gaietés inouïes, afin de frapper ses auditeurs comme par un coup électrique ; mais chaque lettre vous semble glaciale, décolorée, sans vie » (p. 54-55).

S'ensuit alors une réflexion visant à trouver la manière idéale de commencer le récit. Rien ne semble convenir : « Il ne me vint sous ma plume aucune phrase qui reflétât le moins du monde l'éclat du coloris de mon image intérieure » (p. 55-56). La « vie réelle » est insaisissable au langage qui doit se contenter de l'approcher sans pouvoir l'atteindre ; « le poète se borne à en recueillir un reflet confus, comme dans un miroir mal poli » (p. 56). Le langage est condamné à manquer la réalité. Libéré, fantaisiste, le discours d'Hoffmann explore donc de nouveaux territoires. En effet, la multiplication des procédés visant à transcrire une voix ou une vibration confère au texte une dimension à la fois lyrique et ironique qui bouscule les conventions... Les comparaisons que l'auteur établit plongent le lecteur au cœur d'une imagination visionnaire, l'entraînent bien au-delà de la réalité quotidienne : « il semblait que les yeux d'Olimpia s'animassent de rayons humides » (p. 68) ; « Les roulades brillantes retentissaient aux oreilles de Nathanaël comme le frémissement céleste de l'amour heureux » (p. 71). On assiste à un partage brouillé entre le réel et le chimérique.

De ce point de vue, il est significatif que Nathanaël enfant refuse le caractère conventionnel de la métaphore de l'« Homme au Sable » employée par sa mère (« Quand je dis : "l'Homme au

Sable vient", cela signifie seulement que vous avez besoin de dormir, et que vos paupières se ferment involontairement, comme si l'on vous avait jeté du sable dans les yeux », p. 38). Nathanaël enfant comprend l'expression littéralement ; il est incapable de saisir le rapport non relationnel qui s'établit entre le langage, l'image et la réalité. Il ne peut accéder au sens figuré de la phrase et, par conséquent, ne peut « neutraliser » l'expression !

Le professeur d'éloquence, quant à lui, lorsque tous les étudiants de Göttingen s'interrogent sur la nature exacte d'Olimpia, s'étonne : « Vous n'avez pas trouvé le point où gît la question, messieurs. » Et il ajoute ce commentaire obscur : « Le tout est une allégorie, une métaphore continuée » (p. 82-83), laissant entrevoir la relation indécise entre langage et vérité.

Jean-Jacques Pollet, critique littéraire, souligne ainsi la particularité de la littérature fantastique : « Rassurante, confortable est la distance [qui existe généralement] entre le propre et le figuré. L'aventure fantastique, au contraire, commence justement à partir du moment où se brouillent les frontières, où s'établit cette distance, où l'avocat Coppelius, irrévocablement, s'identifie au Marchand de sable [1]. »

Nous assistons donc à la naissance d'une écriture nouvelle. Ce langage est le reflet d'une époque, de cette modernité qui point et qui annonce déjà des courants aussi importants que le surréalisme. Miroir de l'artiste, l'aventure des personnages mime celle de l'écrivain aux prises avec les mots. Le poème de Nathanaël est le miroir de l'esthétique d'Hoffmann. Pour lui, il n'y pas d'art sans artifice, la création est le produit de l'invention libre de l'artiste visionnaire, voire le résultat d'un principe supérieur et comme extérieur au créateur.

---

1. Cité par Jean-Marie Paul, *E.T.A. Hoffmann et le fantastique*, Nancy, Presses universitaires de Nancy, 1990, p. 103.

■ *Coppélia*, représenté au Grand Théâtre de Bordeaux en 2001, dans une mise en scène de Charles Jude.

L'argument du ballet *Coppélia* en deux actes et trois tableaux – représenté la première fois le 25 mai 1870 à Paris – est le fruit de la collaboration de Charles Nuitter (pour le livret) et d'Arthur Saint-Léon (pour la chorégraphie), qui s'adjoignirent la participation du musicien Léo Delibes. En 2001, Charles Jude reprend leur travail, notamment en transposant l'action aux États-Unis dans les années 1940-1950.

L'œuvre s'inspire de *L'Homme au Sable* d'Hoffmann, plus précisément de la scène où Nathanaël s'éprend de la « fille » du professeur Spalanzani. Le ballet situe initialement l'action dans une petite ville d'Europe centrale et donne à voir la manière dont une jeune fille parvient à déjouer la fascination amoureuse qu'éprouve son fiancé pour une figure aperçue chaque jour à une fenêtre : Coppélia. Mais le jeune homme ignore que Coppélia est un automate créé par Coppelius. Lorsqu'il se rend chez ce dernier pour demander la main de la « jeune femme », le vieux savant lui administre un narcotique : il réalise diverses manipulations magnétiques pour prélever sur le garçon ses « esprits animaux » et les insuffler à Coppélia. Mais, entre-temps, sa fiancée a pris la place de la poupée et mime l'éveil à la vie de celle-là. Elle parvient ainsi à tromper Coppelius et à libérer celui qu'elle aime des griffes du savant, à le tirer du sommeil et de ses illusions.

CHRONOLOGIE

1776 1822
1776 1822

- **Repères historiques et culturels**
- **Vie et œuvre de l'auteur**

Repères historiques et culturels

1787	Mozart, *Don Giovanni*.
1789	Révolution française.
1791	Mozart, *La Flûte enchantée*.
1794	Ann Radcliffe, *Les Mystères d'Udolphe*.
1795	Troisième partage de la Pologne : la Prusse obtient Varsovie. Lewis, *Le Moine*.
1797	Naissance de Heinrich Heine.
1804	Napoléon Bonaparte est sacré empereur des Français sous le nom de Napoléon Ier. Fin du Consulat et début du premier Empire. Senancour, *Oberman*.

Vie et œuvre de l'auteur

1776   Naissance d'Ernst Theodor Wilhelm Hoffmann à Königsberg (ville de l'ancienne Prusse-Orientale, aujourd'hui Kaliningrad en Russie), le 24 janvier.

1778   Divorce de ses parents. Hoffmann ne reverra pratiquement plus son père.

1790   Premiers cours de dessin et de musique.

1791   Il étudie le droit à l'université de Königsberg.

1795   Hoffmann commence sa carrière de juriste.

1796-1798   Il s'installe à Glogau (Pologne) puis à Berlin, où il devient rapporteur au tribunal.

1799   Il compose un opéra, *Le Masque*.

1800   Il est assesseur[1] à Posen (Pologne).

1802   Il épouse Maria Thekla Michalina Rohrer. Conseiller gouvernemental, il est muté à Plock (Pologne) pour avoir caricaturé des notables locaux.

1804   Fin de sa disgrâce : Hoffmann est juriste à Varsovie. Il remplace son troisième prénom par Amadeus, en hommage à Mozart.

---

1. *Assesseur* : juge siégeant au côté du président dans une juridiction collégiale et ayant une voix délibérative.

Repères historiques et culturels

1806-1807	Le roi de Prusse Frédéric-Guillaume III, entraîné par l'empereur de Russie Alexandre Ier, entre en guerre contre la France. L'armée de Napoléon combat victorieusement les troupes prussiennes à Iéna puis entre dans Varsovie ; le territoire de Frédéric-Guillaume III est réduit de moitié par la paix de Tilsit et occupé par les troupes françaises. L'un des frères de Napoléon Ier, Jérôme, règne sur le grand-duché de Varsovie. Goethe, *Faust*.
1809	Naissance d'Edgar Allan Poe.
1810	Mme de Staël, *De l'Allemagne*.
1812	Jacob et Wilhelm Grimm, *Contes*.
1813-1814	Guerre de libération de la Prusse contre l'occupation française. Défaite française à Leipzig.

Vie et œuvre de l'auteur

1805   Naissance de sa fille Cécile ; activité musicale.

1806   Entrée des troupes napoléoniennes à Varsovie : la bureaucratie française se substitue à celle des Prussiens. Hoffmann perd son poste.

1807   Il doit déménager à Berlin où il est sans emploi et sans argent ; à ces difficultés financières s'ajoutent des difficultés familiales : sa fille meurt et sa femme est gravement malade.

1808   Hoffmann devient maître de chapelle à Bamberg (Bavière).

1809   Il écrit *Le Chevalier Glück* (conte fantastique), compose *Grand Trio* (musique de chambre) et commence à s'intéresser à la médecine et à la psychiatrie.

1810   Il met en scène Shakespeare, Calderón, Mozart.

1811-1813   Il éprouve une grande passion pour une de ses élèves de chant, Julia Marc. Le scandale éclate bientôt. Il écrit *Don Juan* (conte fantastique) et compose *Ondine* (opéra) en 1812.
À Dresde et à Leipzig, il assiste aux combats contre les troupes napoléoniennes.

Repères historiques et culturels

1814- En France, abdication de Napoléon Ier, exilé sur l'île
1815 d'Elbe. Fin de l'Empire. Louis XVIII accède au trône.
Le congrès de Vienne restaure la Prusse
dans ses anciennes frontières. Création
de la Confédération germanique, union politique
qui compte trente-neuf États allemands regroupés
sous la présidence de l'empereur d'Autriche.

1817 Mary Shelley, *Frankenstein*.

Vie et œuvre de l'auteur

1814 Il publie ses *Fantaisies à la manière de Callot*, et retrouve un poste de fonctionnaire à Berlin.

1815 Il fait paraître *Les Élixirs du diable* (roman), connaît la célébrité et fréquente les salons littéraires. Il rédige une première version de *L'Homme au Sable*.

1816-1817 Il publie ses *Contes nocturnes*. C'est dans le second volume de ce recueil que figure *L'Homme au Sable*.

1819-1820 Hoffmann fait paraître *Le Chat Murr* (roman), *Princesse Brambilla* (conte).

1821 Il fait paraître un recueil de contes en quatre volumes, *Les Frères Sérapion*.

1822 Il écrit *Maître Floch* (conte), est accusé de diffamation et de satire politique ; le ministère de l'Intérieur engage un procès contre lui ; Hoffmann n'en verra pas l'issue : il meurt le 25 juin des suites d'un dérèglement généralisé du système nerveux.

1829 Les contes d'Hoffmann sont traduits en français par Loève-Veimars et rencontrent en France un grand succès.

■ Dans ce dessin, Hoffmann a représenté le jeune Nathanaël dissimulé derrière un rideau et observant la rencontre de son père et de Coppelius, qu'il identifie à l'Homme au Sable.

L'Homme au Sable

I
Nathanaël à Lothaire

Sans doute, vous êtes tous remplis d'inquiétude, car il y a bien longtemps que je ne vous ai écrit. Ma mère se fâche, Clara pense que je vis dans un tourbillon de joies, et que j'ai oublié entièrement la douce image d'ange si profondément gravée dans mon cœur et dans mon âme. Mais il n'en est pas ainsi ; chaque jour, à chaque heure du jour, je songe à vous tous, et la charmante figure de ma Clara passe et repasse sans cesse dans mes rêves ; ses yeux transparents me jettent de doux regards, et sa bouche me sourit comme jadis lorsque j'arrivai auprès de vous. Hélas ! comment eussé-je pu vous écrire dans la violente disposition d'esprit qui a jusqu'à présent troublé toutes mes pensées ? Quelque chose d'épouvantable a pénétré dans ma vie ! Les sombres pressentiments d'un avenir cruel et menaçant s'étendent sur moi, comme des nuages noirs, impénétrables aux joyeux rayons du soleil. Faut-il donc que je te dise ce qui m'arriva ? Il le faut, je le vois bien ; mais rien qu'en y songeant, j'entends autour de moi comme des ricanements moqueurs. Ah ! mon bien-aimé Lothaire ! comment te ferai-je comprendre un peu seulement que ce qui m'arriva, il y a peu de jours, est de nature à troubler ma vie d'une façon terrible ? Si tu étais ici, tu pourrais voir par tes yeux ; mais maintenant tu me tiens certainement pour un visionnaire[1] absurde. Bref, l'horrible vision que j'ai eue, et dont je cherche vainement à éviter l'influence mortelle, consiste simplement en ce qu'il y a peu de jours, à savoir le 30 octobre à midi, un marchand de baromètres entra dans ma chambre, et m'offrit ses instruments. Je n'achetai rien, et je le menaçai de le précipiter du haut de l'escalier, mais il s'éloigna aussitôt.

Tu soupçonnes que des circonstances toutes particulières, et qui ont fortement marqué dans ma vie, donnent de l'importance à ce petit événement. Cela est en effet. Je rassemble toutes mes forces pour te raconter avec calme et patience quelques aventures de mon enfance, qui éclaireront toutes ces choses à ton esprit. Au moment de commencer, je te vois rire, et j'entends Clara qui dit : « Ce sont de véritables enfantillages ! » Riez, je vous en prie, riez-vous de moi du fond de votre cœur ! – Je vous en supplie ! – Mais, Dieu du ciel !... mes cheveux se hérissent, et il me semble que je vous conjure[2] de vous moquer de moi, dans le délire du désespoir, comme Franz Moor conjurait Daniel[3]. Allons,

---

1. *Visionnaire* : personne qui a ou croit avoir des visions, des révélations surnaturelles.
2. *Conjure* : supplie.
3. Référence à l'acte V, scène I des *Brigands* (1781) de Schiller (1759-1805). Franz Moor, qui a fait enfermer son père dans un cachot, se réveille après un cauchemar, dans lequel il a cru assister au Jugement dernier. Il raconte son songe au vieux domestique de la maison, Daniel (trad. Raymond Dhaleine, Aubier, 1968) :
FRANZ : [...] laisse-moi te raconter et moque-toi rudement de moi.

maintenant, au fait. Hors les heures des repas, moi, mes frères et mes sœurs, nous voyions peu notre père. Il était fort
45 occupé du service de sa charge[1]. Après le souper, que l'on servait à sept heures, conformément aux anciennes mœurs, nous nous rendions tous, notre mère avec nous, dans la chambre de travail de mon père, et nous prenions place autour d'une table ronde. Mon père fumait du tabac et
50 buvait de temps en temps un grand verre de bière. Souvent il nous racontait des histoires merveilleuses, et ses récits l'échauffaient tellement qu'il laissait éteindre sa longue pipe; j'avais l'office[2] de la rallumer, et j'éprouvais une grande joie à le faire. Souvent aussi, il nous mettait des livres
55 d'images dans les mains, et restait silencieux et immobile dans son fauteuil, chassant devant lui d'épais nuages de fumée qui nous enveloppaient tous comme dans des brouillards. Dans ces soirées-là, ma mère était fort triste et, à peine entendait-elle sonner neuf heures, qu'elle s'écriait:
60 «Allons, enfants, au lit... l'Homme au Sable va venir. Je l'entends déjà.» En effet, chaque fois, on entendait des pas pesants retentir sur les marches; ce devait être l'Homme au Sable. Une fois entre autres, ce bruit me causa plus d'effroi que d'ordinaire, je dis à ma mère qui nous emmenait: «Ah!
65 maman, qui donc est ce méchant Homme au Sable qui nous chasse toujours? – Comment est-il? – Il n'y a point

---

[...] Eh bien, pourquoi ne ris-tu pas?
DANIEL : Comment pourrais-je rire, quand je frissonne d'horreur? Les songes viennent de Dieu.
FRANZ : Pouah! Ne dis pas cela. Traite-moi de fou, de fou superstitieux et insipide! Fais-le mon cher Daniel, je t'en prie, moque-toi de moi comme il faut.

1. ***Charge*** : fonction, emploi.
2. ***J'avais l'office*** : j'avais la charge.

d'Homme au Sable, me répondit ma mère. Quand je dis :
"l'Homme au Sable vient", cela signifie seulement que vous
avez besoin de dormir, et que vos paupières se ferment involontairement, comme si l'on vous avait jeté du sable dans les
yeux. »

La réponse de ma mère ne me satisfit pas, et, dans mon
imagination enfantine, je devinai que ma mère ne me niait
l'existence de l'Homme au Sable que pour ne pas nous
effrayer. Mais je l'entendais toujours monter les marches.
Plein de curiosité, impatient de m'assurer de l'existence de
cet homme, je demandai enfin à la vieille servante qui avait
soin de ma plus jeune sœur, quel était ce personnage. « Eh !
mon petit Nathanaël, me répondit-elle, ne sais-tu pas cela ?
C'est un méchant homme qui vient trouver les enfants
lorsqu'ils ne veulent pas aller au lit, et qui leur jette une
poignée de sable dans les yeux, à leur faire pleurer du sang.
Ensuite, il les plonge dans un sac et les porte dans la pleine
lune pour amuser ses petits-enfants qui ont des becs tordus
comme les chauves-souris, et qui leur piquent les yeux, à les
faire mourir. » Dès lors l'image de l'Homme au Sable se grava
dans mon esprit d'une façon horrible ; et le soir, dès que les
marches retentissaient du bruit de ses pas, je tremblais
d'anxiété et d'effroi ; ma mère ne pouvait alors m'arracher
que ces paroles étouffées par mes larmes : « L'Homme au
Sable ! l'Homme au Sable ! » Je me sauvais aussitôt dans une
chambre, et cette terrible apparition me tourmentait durant
toute la nuit. – J'étais déjà assez avancé en âge pour savoir
que l'anecdote de la vieille servante n'était pas fort exacte,
cependant l'Homme au Sable restait pour moi un spectre[1]

---

1. *Spectre* : fantôme.

menaçant. J'étais à peine maître de moi, lorsque je l'entendais monter pour se rendre dans le cabinet[1] de mon père. Quelquefois son absence durait longtemps ; puis ses visites devenaient plus fréquentes, cela dura deux années. Je ne pouvais m'habituer à cette apparition étrange, et la sombre figure de cet homme inconnu ne pâlissait pas dans ma pensée. Ses rapports avec mon père occupaient de plus en plus mon esprit, et l'envie de le voir augmentait en moi avec les ans. L'Homme au Sable m'avait introduit dans le champ du merveilleux où l'esprit des enfants se glisse si facilement. Rien ne me plaisait plus que les histoires épouvantables des génies, des démons et des sorcières ; mais pour moi, dans toutes ces aventures, au milieu des apparitions les plus effrayantes et les plus bizarres, dominait toujours l'image de l'Homme au Sable que je dessinais à l'aide de la craie et du charbon, sur les tables, sur les armoires, sur les murs, partout enfin, et toujours sous les formes les plus repoussantes. Lorsque j'eus atteint l'âge de dix ans, ma mère m'assigna[2] une petite chambre pour moi seul. Elle était peu éloignée de la chambre de mon père. Chaque fois qu'au moment de neuf heures l'inconnu se faisait entendre, il fallait encore nous retirer. De ma chambrette, je l'entendais entrer dans le cabinet de mon père, et, bientôt après, il me semblait qu'une vapeur odorante et singulière se répandît dans la maison. La curiosité m'excitait de plus en plus à connaître cet Homme au Sable. J'ouvris ma porte, et je me glissai de ma chambre dans les corridors[3] ; mais je ne pouvais rien entendre ; car l'étranger

---

1. *Cabinet* : pièce où l'on se retire pour travailler.
2. *M'assigna* : m'attribua.
3. *Corridors* : couloirs.

avait déjà refermé la porte. Enfin, poussé par un désir irrésistible, je résolus de me cacher dans la chambre même de mon
125 père pour attendre l'Homme au Sable.

À la taciturnité[1] de mon père, à la tristesse de ma mère, je reconnus un soir que l'Homme au Sable devait venir. Je prétextai une fatigue extrême, et, quittant la chambre avant neuf heures, j'allai me cacher dans une petite niche[2] pratiquée der-
130 rière la porte. La porte craqua sur ses gonds, et des pas lents, tardifs et menaçants retentirent depuis le vestibule jusqu'aux marches. Ma mère et tous les enfants se levèrent et passèrent devant moi. J'ouvris doucement, bien doucement, la porte de la chambre de mon père. Il était assis comme d'ordinaire, en
135 silence et le dos tourné vers l'entrée. Il ne m'aperçut pas, je me glissai légèrement derrière lui, et j'allai me cacher sous le rideau qui voilait une armoire où se trouvaient appendus[3] ses habits. Les pas approchaient de plus en plus, l'Homme toussait, soufflait et murmurait singulièrement. Le cœur me battait
140 d'attente et d'effroi. – Tout près de la porte, un pas sonore, un coup violent sur le bouton[4], les gonds tournent avec bruit.– J'avance malgré moi la tête avec précaution, l'Homme au Sable est au milieu de la chambre, devant mon père ; la lueur des flambeaux[5] éclaire son visage ! – L'Homme au
145 Sable, le terrible Homme au Sable, est le vieil avocat Coppelius qui vient quelquefois prendre place à notre table ! Mais la plus horrible figure ne m'eût pas causé plus d'épouvante que celle de ce Coppelius. Représente-toi un homme aux

---

1. *Taciturnité* : humeur sombre.
2. *Niche* : renfoncement.
3. *Appendus* : suspendus.
4. *Bouton* : poignée (de porte), de forme ronde.
5. *Flambeaux* : bougies.

larges épaules, surmontées d'une grosse tête informe, un visage terne, des sourcils gris et touffus sous lesquels étincellent deux yeux verts arrondis comme ceux des chats, et un nez gigantesque qui s'abaisse brusquement sur ses lèvres épaisses. Sa bouche contournée[1] se contourne encore davantage pour former un sourire ; deux taches livides s'étendent sur ses joues, et des accents à la fois sourds et siffleurs s'échappent d'entre ses dents irrégulières. Coppelius se montrait toujours avec un habit couleur de cendre, coupé à la vieille mode, une veste et des culottes[2] semblables, des bas noirs et des souliers à boucles de strass[3], complétaient cet ajustement. Sa petite perruque, qui couvrait à peine son cou, se terminait en deux boucles à boudin[4] que supportaient ses grandes oreilles d'un rouge vif, et allait se perdre dans une large bourse noire qui, s'agitant çà et là sur son dos, laissait apercevoir la boucle d'argent qui retenait sa cravate. Toute cette figure composait un ensemble affreux et repoussant ; mais ce qui nous choquait tout particulièrement en lui, nous autres enfants, c'étaient ses grosses mains velues et osseuses ; et dès qu'il les portait sur quelque objet, nous avions garde d'y toucher. Il avait remarqué ce dégoût, et il se faisait un plaisir de toucher les gâteaux ou les fruits que notre bonne mère plaçait sur nos assiettes. Il jouissait alors singulièrement en voyant nos yeux se remplir de larmes, et il se délectait[5] de la privation que nous imposait notre dégoût pour sa personne. Il en agissait ainsi

---

1. *Contournée* : d'une forme compliquée.
2. *Culottes* : vêtements masculins de dessus, qui couvrent le corps de la ceinture aux genoux.
3. *Strass* : imitation de pierres précieuses.
4. *Boucles à boudin* : longues boucles de cheveux roulées en spirales.
5. *Se délectait* : se réjouissait.

aux jours de fêtes, lorsque notre père nous versait un verre de bon vin. Il étendait la main, saisissait le verre qu'il portait à ses lèvres livides, et riait aux éclats de notre désespoir et de nos injures. Il avait coutume de nous nommer les petits animaux ; en sa présence il ne nous était pas permis de prononcer une parole, et nous maudissions de toute notre âme ce personnage hideux et ennemi, qui empoisonnait jusqu'à la moindre de nos joies. Ma mère semblait haïr aussi cordialement[1] que nous le repoussant Coppelius ; car dès qu'il paraissait, sa douce gaieté et ses manières pleines d'abandon s'effaçaient pour faire place à une sombre gravité. Notre père se comportait envers lui comme si Coppelius eût été un être d'un ordre supérieur, dont on doit souffrir les écarts, et qu'il faut se garder d'irriter : on ne manquait jamais de lui offrir ses mets favoris, et de déboucher en son honneur quelques flacons de réserve.

En voyant ce Coppelius, il se révéla à moi que nul autre que lui ne pouvait être l'Homme au Sable ; mais l'Homme au Sable n'était plus à ma pensée cet ogre du conte de la nourrice, qui enlève les enfants pour les porter dans la lune à sa progéniture à bec de hibou. Non ! – C'était plutôt une odieuse et fantasque[2] créature qui, partout où elle paraissait, portait le chagrin, le tourment et le besoin, et qui causait un mal réel, un mal durable. J'étais comme ensorcelé, ma tête restait tendue entre les rideaux, au risque d'être découvert et cruellement puni. Mon père reçut solennellement Coppelius. « Allons à l'ouvrage ! » s'écria celui-ci d'une voix sourde, en se débarrassant de son habit. Mon père, d'un air sombre, quitta sa robe de chambre, et ils se vêtirent tous deux de longues robes

---

1. *Haïr [...] cordialement* : haïr avec force, de tout cœur.
2. *Fantasque* : sujet à des sautes d'humeur, à des fantaisies ; dont on ne peut prévoir le comportement.

noires. Je n'avais pas remarqué le lieu d'où ils les avaient tirées. Mon père ouvrit la porte d'une armoire, et je vis qu'elle cachait une niche profonde où se trouvait un fourneau. Coppelius s'approcha, et du foyer s'éleva une flamme bleue. Une foule d'ustensiles bizarres apparut à cette clarté. Mais mon Dieu ! quelle étrange métamorphose s'était opérée dans les traits de mon vieux père ! – Une douleur violente et mal contenue semblait avoir changé l'expression honnête et loyale de sa physionomie qui avait pris une contraction satanique. Il ressemblait à Coppelius ! Celui-ci brandissait des pinces incandescentes, et attisait les charbons ardents du foyer. Je croyais apercevoir tout autour de lui des figures humaines, mais sans yeux. Des cavités noires, profondes et souillées en tenaient la place. « Des yeux ! des yeux ! » s'écriait Coppelius, d'une voix sourde et menaçante.

Je tressaillis, et je tombai sur le parquet, violemment terrassé par une horreur puissante. Coppelius me saisit alors. « Un petit animal ! un petit animal ! » dit-il en grinçant affreusement les dents. À ces mots, il me jeta sur le fourneau dont la flamme brûlait déjà mes cheveux. « Maintenant, s'écria-t-il, nous avons des yeux – des yeux –, une belle paire d'yeux d'enfant ! » Et il prit de ses mains dans le foyer une poignée de charbons en feu qu'il se disposait à me jeter au visage, lorsque mon père lui cria, les mains jointes : « Maître ! maître ! laisse les yeux à mon Nathanaël. »

Coppelius se mit à rire d'une façon bruyante. « Que l'enfant garde donc ses yeux, et qu'il fasse son pensum[1] dans le monde ; mais, puisque le voilà, il faut que nous observions bien attentivement le mécanisme des pieds et des mains. »

---

1. *Pensum* : devoir.

Ses doigts s'appesantirent alors si lourdement sur moi, que toutes les jointures de mes membres en craquèrent, et il me fit tourner les mains, puis les pieds, tantôt d'une façon, tantôt d'une autre. « Cela ne joue pas bien partout ! cela était bien comme cela était ! Le vieux de là-haut a parfaitement compris cela ! »

Ainsi murmurait Coppelius en me retournant ; mais bientôt tout devint sombre et confus autour de moi ; une douleur nerveuse agita tout mon être ; je ne sentis plus rien. Une vapeur douce et chaude se répandit sur mon visage ; je me réveillai comme du sommeil de la mort ; ma mère était penchée sur moi. « L'Homme au Sable est-il encore là ? demandai-je en balbutiant. – Non, mon cher enfant, il est bien loin ; il est parti depuis longtemps, il ne te fera pas de mal ! »

Ainsi parla ma mère, et elle me baisa, et elle serra contre son cœur l'enfant chéri qui lui était rendu.

Pourquoi te fatiguerais-je plus longtemps de ces récits, mon cher Lothaire ? Je fus découvert et cruellement maltraité par ce Coppelius. L'anxiété et l'effroi m'avaient causé une fièvre ardente dont je fus malade durant quelques semaines. « L'Homme au Sable est encore là. » Ce fut la première parole de ma délivrance, et le signe de mon salut. Il me reste à te raconter le plus horrible instant de mon enfance ; puis tu seras convaincu qu'il n'en faut pas accuser mes yeux si tout me semble décoloré dans la vie ; car un nuage sombre s'est étendu au-devant de moi sur tous les objets, et ma mort seule peut-être pourra le dissiper.

Coppelius ne se montra plus, le bruit courut qu'il avait quitté la ville. Un an s'était écoulé, et selon la vieille et invariable coutume, nous étions assis un soir à la table ronde. Notre père était fort gai, et nous racontait une foule d'histoires divertissantes, qui lui étaient arrivées dans les voyages qu'il avait faits pendant sa jeunesse. À l'instant où l'horloge sonna neuf heures, nous entendîmes retentir les gonds de la porte de la maison, et des pas d'une lourdeur extrême, résonner depuis le vestibule[1] jusqu'aux marches. « C'est Coppelius ! dit ma mère en pâlissant. – Oui ! c'est Coppelius », répéta mon père d'une voix entrecoupée.

Les larmes s'échappèrent des yeux de ma mère. « Mon ami, mon ami ! s'écria-t-elle, faut-il que cela soit ? – Pour la dernière fois, répondit celui-ci. Il vient pour la dernière fois ; je te le jure. Va, va-t'en avec les enfants ! bonne nuit ! »

J'étais comme pétrifié, la respiration me manquait. Me voyant immobile, ma mère me prit par le bras. « Viens, Nathanaël ! me dit-elle. » Je me laissai entraîner dans ma chambre. « Sois bien calme et dors. Dors ! » me dit ma mère en me quittant. Mais, agité par une terreur invincible, je ne pus fermer les paupières. L'horrible, l'odieux Coppelius était devant moi, les yeux étincelants ; il me souriait d'un air hypocrite, et je cherchais vainement à éloigner son image. Il était à peu près minuit lorsqu'un coup violent se fit entendre. C'était comme la détonation d'une arme à feu. Toute la maison fut ébranlée, et la porte se referma avec fracas. « C'est Coppelius ! » m'écriai-je hors de moi, et je m'élançai de mon lit. Des gémissements vinrent à mon oreille ; je courus à la chambre de mon père. La porte était ouverte, une vapeur étouffante se faisait sentir, et une servante s'écriait : « Ah ! mon maître, mon maître ! »

Devant le fourneau allumé, sur le parquet, était étendu mon père, mort, le visage déchiré. Mes sœurs, agenouillées

---

1. *Vestibule* : pièce d'entrée d'une maison.

autour de lui, poussaient d'affreuses clameurs. Ma mère était tombée sans mouvement auprès de son mari ! « Coppelius ! monstre infâme ! tu as assassiné mon père ! » m'écriai-je, et je perdis l'usage de mes sens[1]. Deux jours après, lorsqu'on plaça le corps de mon père dans un cercueil, ses traits étaient redevenus calmes et sereins, comme ils l'étaient durant sa vie. Cette vue adoucit ma douleur, je pensai que son alliance avec l'infernal Coppelius ne l'avait pas conduit à la damnation[2] éternelle. L'explosion avait réveillé les voisins. Cet événement fit sensation, et l'autorité qui en eut connaissance somma[3] Coppelius de paraître devant elle. Mais il avait disparu de la ville, sans laisser de traces.

Quand je te dirai, mon digne ami, que ce marchand de baromètres n'était autre que ce misérable Coppelius, tu comprendras l'excès d'horreur que me fit éprouver cette apparition ennemie. Il portait un autre costume ; mais les traits de Coppelius sont trop profondément empreints dans mon âme pour que je puisse les méconnaître[4]. D'ailleurs, Coppelius n'a pas même changé de nom. Il se donne ici pour un mécanicien piémontais[5], et se fait nommer Giuseppe Coppola.

Je suis résolu à venger la mort de mon père, quoi qu'il en arrive. Ne parle point à ma mère de cette cruelle rencontre. – Salue la charmante Clara ; je lui écrirai dans une disposition d'esprit plus tranquille.

---

1. *Je perdis l'usage de mes sens* : je perdis connaissance.
2. *Damnation* : condamnation aux peines de l'enfer.
3. *Somma* : ordonna à.
4. *Les méconnaître* : ne pas les reconnaître.
5. *Piémontais* : du Piémont, région de l'Italie du Nord.

II
Clara à Nathanaël

Il est vrai que tu ne m'as pas écrit depuis longtemps, mais cependant je crois que tu me portes dans ton âme et dans tes pensées ; car tu songeais assurément à moi avec beaucoup de vivacité, lorsque, voulant envoyer ta dernière lettre à mon frère Lothaire, tu la souscrivis de mon nom [1]. Je l'ouvris avec joie, et je ne m'aperçus de mon erreur qu'à ces mots : *Ah ! mon bien-aimé Lothaire !* – Alors, sans doute, j'aurais dû n'en pas lire davantage, et remettre la lettre à mon frère. – Tu m'as quelquefois reproché en riant que j'avais un esprit si paisible et si calme que si la maison s'écroulait, j'aurais encore la constance de remettre en place un rideau dérangé, avant que de m'enfuir ; cependant je pouvais à peine respirer, et tout semblait tourbillonner devant mes yeux. – Ah ! mon bien-aimé Nathanaël ! je tremblais et je brûlais d'apprendre par quelles infortunes ta vie avait été traversée ! Séparation éternelle, oubli, éloignement de toi, toutes ces pensées me frappaient comme autant de coups de poignard. – Je lus et je relus ! Ta peinture du repoussant Coppelius est affreuse.

---

1. *Tu la souscrivis de mon nom* : tu y inscrivis mon nom.

J'appris pour la première fois de quelle façon cruelle était mort ton excellent père. Mon frère, que je remis en possession de ce qui lui appartenait, essaya de me calmer, mais il ne put réussir. Ce Giuseppe Coppola était sans cesse sur mes pas, et je suis presque confuse d'avouer qu'il a troublé, par d'effroyables songes, mon sommeil toujours si profond et si tranquille. Mais bientôt, dès le lendemain déjà, tout s'était présenté à ma pensée sous une autre face. Ne sois donc point fâché contre moi, mon tendrement aimé Nathanaël, si Lothaire te dit qu'en dépit de tes funestes pressentiments au sujet de Coppelius, ma sérénité n'a pas été le moindrement altérée[1]. Je te dirai sincèrement ma pensée. Toutes ces choses effrayantes que tu nous rapportes me semblent avoir pris naissance en toi-même : le monde extérieur et réel n'y a que peu de part. Le vieux Coppelius était sans doute peu attrayant ; mais, comme il haïssait les enfants, cela vous causa, à vous autres enfants, une véritable horreur pour lui. Le terrible Homme au Sable de la nourrice se rattacha tout naturellement, dans ton intelligence enfantine, au vieux Coppelius, qui, sans que tu puisses t'en rendre compte, est resté pour toi un fantôme de tes premiers ans. Ses entrevues nocturnes avec ton père n'avaient sans doute d'autre but que de faire des expériences alchimiques[2], ce qui affligeait[3] ta mère, car il en coûtait vraisemblablement beaucoup d'argent ; et ces travaux, en remplissant son époux d'un espoir trompeur, devaient le détourner des soins de sa famille. Ton père a

---

1. *Altérée* : détériorée, amoindrie.
2. L'alchimie est une science occulte. Ceux qui la pratiquaient prétendaient trouver le moyen de transformer le plomb en or, d'autres affirmaient pouvoir donner la vie à l'homme artificiel.
3. *Affligeait* : attristait profondément.

sans doute causé sa mort par sa propre imprudence, et Coppelius ne saurait en être accusé. Croirais-tu que j'ai demandé à notre vieux voisin l'apothicaire[1] si, dans les essais chimiques, ces explosions instantanées pouvaient donner la mort ? Il m'a répondu affirmativement, en me décrivant longuement à sa manière comment la chose pouvait se faire, et en me citant un grand nombre de mots bizarres, dont je n'ai pu retenir un seul dans ma mémoire. – Maintenant tu vas te fâcher contre ta Clara. Tu diras : « Il ne pénètre dans cette âme glacée nul de ces rayons mystérieux qui embrassent souvent l'homme de leurs ailes invisibles ; elle n'aperçoit que la surface bariolée du globe, et elle se réjouit comme un fol[2] enfant à la vue des fruits dont l'écorce dorée cache un venin mortel. »

Mon bien-aimé Nathanaël, ne penses-tu pas que le sentiment d'une puissance ennemie qui agit d'une manière funeste sur notre être, ne puisse pénétrer dans les âmes riantes et sereines ? – Pardonne, si moi, simple jeune fille, j'entreprends d'exprimer ce que j'éprouve à l'idée d'une semblable lutte. Peut-être ne trouverai-je pas les paroles propres à peindre mes sentiments, et riras-tu, non de mes pensées, mais de la gaucherie que je mettrai à les rendre. S'il est en effet une puissance occulte[3] qui plonge ainsi traîtreusement en notre sein ses griffes ennemies, pour nous saisir et nous entraîner dans une route dangereuse que nous n'eussions pas suivie, s'il est une telle puissance, il faut qu'elle se plie à nos goûts et à nos convenances, car ce n'est qu'ainsi qu'elle obtiendra de nous quelque créance[4], et qu'elle gagnera dans notre cœur la place

---

1. *Apothicaire* : pharmacien.
2. *Fol* : fou.
3. *Occulte* : secrète.
4. *Créance* : croyance, foi.

dont elle a besoin pour accomplir son ouvrage. Que nous ayons assez de fermeté, assez de courage pour reconnaître la route où doivent nous conduire notre vocation et nos penchants, pour la suivre d'un pas tranquille, notre ennemi intérieur périra dans les vains efforts qu'il fera pour nous faire illusion. Lothaire ajoute que la puissance ténébreuse, à laquelle nous nous donnons, crée souvent en nous des images si attrayantes, que nous produisons nous-mêmes le principe dévorant qui nous consume. C'est le fantôme de notre propre *nous*, dont l'influence agit sur notre âme, et nous plonge dans l'enfer ou nous ravit au ciel. – Je ne comprends pas bien les dernières paroles de Lothaire, et je pressens seulement ce qu'il pense ; et cependant il me semble que tout cela est rigoureusement vrai. Je t'en supplie, efface entièrement de ta pensée l'avocat Coppelius et le marchand de baromètres Giuseppe Coppola. Sois convaincu que ces figures étrangères n'ont aucune influence sur toi ; ta croyance en leur pouvoir peut seule les rendre puissantes. Si chaque ligne de ta lettre ne témoignait de l'exaltation profonde de ton esprit, si l'état de ton âme ne m'affligeait jusqu'au fond du cœur, en vérité, je pourrais plaisanter sur ton Homme au Sable et ton avocat chimiste. Sois libre, esprit faible ! sois libre ! – Je me suis promis de jouer auprès de toi le rôle d'ange gardien, et de bannir[1] le hideux Coppola par un fou rire, s'il devait jamais revenir troubler tes rêves. Je ne les redoute pas le moins du monde, lui et ses vilaines mains, et je ne souffrirai pas qu'il me gâte mes friandises, ni qu'il me jette du sable aux yeux.

À toujours, mon bien-aimé Nathanaël.

---

1. *Bannir* : éloigner, chasser.

III
Nathanaël à Lothaire

Je suis très fâché que Clara, par une erreur que ma négligence avait causée, il est vrai, ait brisé le cachet de la lettre que j'écrivais. Elle m'a adressé une épître[1] remplie d'une philosophie profonde, par laquelle elle me démontre explicitement que Coppelius et Coppola n'existent que dans mon cerveau, et qu'ils sont des fantômes de mon *moi* qui s'évanouiront en poudre dès que je les reconnaîtrai pour tels. On ne se douterait jamais que l'esprit qui scintille de ses yeux clairs et touchants, comme une aimable émanation[2] du printemps, soit aussi intelligent et qu'il puisse raisonner d'une façon aussi méthodique ! Elle s'appuie de ton autorité. Vous avez parlé de moi ensemble ! On lui fait sans doute un cours de logique pour qu'elle voie sainement les choses et qu'elle fasse des distinctions subtiles. – Renonce à cela ! je t'en prie. Au reste, il est certain que le mécanicien Giuseppe Coppola n'est pas l'avocat Coppelius. J'assiste à un cours chez un professeur de physique nouvellement

---

1. *Épître* : lettre.
2. *Émanation* : vapeur, effluve.

arrivé dans cette ville, qui est d'origine italienne et qui porte le nom du célèbre naturaliste[1] Spalanzani[2]. Il connaît
20 Coppola depuis de longues années, et d'ailleurs, il est facile de reconnaître à l'accent du mécanicien qu'il est véritablement piémontais. Coppelius était un Allemand, bien qu'il n'en eût pas le caractère. Cependant, je ne suis pas entièrement tranquillisé. Tenez-moi toujours, vous deux, pour un
25 sombre rêveur, mais je ne puis me débarrasser de l'impression que Coppola et son affreux visage ont produite sur moi. Je suis heureux qu'il ait quitté la ville, comme l'a dit Spalanzani. Ce professeur est un singulier personnage, un homme rond, aux pommettes saillantes, le nez pointu et les
30 yeux perçants. Mais tu le connaîtras mieux que je ne pourrais te le peindre, en regardant le portrait de Cagliostro[3], gravé par Chodowiecki[4] ; tel est Spalanzani. Dernièrement, en montant à son appartement, je m'aperçus qu'un rideau, qui est ordinairement tiré sur une porte de verre, était un
35 peu écarté. J'ignore moi-même comme je vins à regarder à travers la glace. Une femme de la plus riche taille, magnifiquement vêtue, était assise dans la chambre, devant une petite table sur laquelle ses deux mains jointes étaient appuyées. Elle était vis-à-vis de la porte, et je pouvais
40 contempler ainsi sa figure ravissante. Elle sembla ne pas m'apercevoir, et en général ses yeux paraissaient fixes, je

---

1. *Naturaliste* : savant qui s'occupe de sciences naturelles.
2. *Spalanzani* [*sic*] (Lazzaro Spallanzani) : biologiste italien (1729-1799).
3. *Alexandre Cagliostro* : aventurier italien qui parcourut l'Europe et connut à Paris un très vif succès pour ses talents de guérisseur et sa pratique des sciences occultes (1743-1795).
4. *Daniel Nikolaus Chodowiecki* : peintre et graveur polonais, de l'école allemande (1726-1801).

dirai même qu'ils manquaient des rayons visuels ; c'était comme si elle eût dormi les yeux ouverts. Je me trouvai mal à l'aise, et je me hâtai de me glisser dans l'amphithéâtre[1]
45 qui est voisin de là. Plus tard j'appris que la personne que j'avais vue était la fille de Spalanzani, nommée Olimpia, qu'il renfermait avec tant de rigueur que personne ne pouvait approcher d'elle. – Cette mesure cache quelque mystère, et Olimpia a sans doute une imperfection grave. Mais,
50 pourquoi t'écrire ces choses ? J'aurais pu te les raconter de vive voix. Sache que, dans quinze jours, je serai près de vous autres. Il faut que je revoie mon ange, ma Clara ; alors s'effacera l'impression qui s'est emparée de moi (je l'avoue) depuis sa triste lettre si raisonnable. C'est pourquoi je ne lui
55 écris pas aujourd'hui. Adieu.

---

1. *Amphithéâtre* : salle garnie de gradins dans laquelle les professeurs d'université font les cours.

IV

On ne saurait imaginer rien de plus bizarre et de plus merveilleux que ce qui arriva à mon pauvre ami, le jeune étudiant Nathanaël, et que j'entreprends aujourd'hui de raconter. Qui n'a, un jour, senti sa poitrine se remplir de pensées étranges ? qui n'a éprouvé un bouillonnement intérieur qui faisait affluer son sang avec violence dans ses veines, et colorait ses joues d'un sombre incarnat[1] ? Vos regards semblent alors chercher des images fantasques dans l'espace, et vos paroles s'exhalent[2] en sons entrecoupés. En vain vos amis vous entourent et vous interrogent sur la cause de votre délire. On veut peindre avec leurs brillantes couleurs, leurs ombres et leurs vives lumières, les figures vaporeuses que l'on aperçoit, et l'on s'efforce inutilement de trouver des paroles pour rendre sa pensée. On voudrait reproduire au premier mot, tout ce que ces apparitions offrent de merveilles, de magnificences, de sombres horreurs, de gaietés inouïes, afin de frapper ses auditeurs comme par un coup électrique ; mais chaque lettre vous

---

1. *Incarnat* : de couleur rouge vif.
2. *S'exhalent* : s'échappent.

semble glaciale, décolorée, sans vie. On cherche et l'on cherche encore, on balbutie et l'on murmure, et les questions timides de vos amis viennent frapper, comme le souffle des vents de la nuit, votre imagination brûlante qu'elles ne tardent pas à tarir[1] et à éteindre. Mais, si, en peintre habile et hardi, on a jeté en traits rapides une esquisse[2] de ces images intérieures, il est facile d'en ranimer peu à peu le coloris fugitif, et de transporter ses auditeurs au milieu de ce monde que notre âme a créé. Pour moi, personne, je dois l'avouer, ne m'a jamais interrogé sur l'histoire du jeune Nathanaël ; mais on sait que je suis un de ces auteurs qui, dès qu'ils se trouvent dans l'état que je viens de décrire, se figurent que ceux qui les entourent, et même le monde entier, brûlent du désir de connaître ce qu'ils ont en l'âme. La singularité de l'aventure m'avait frappé, c'est pourquoi je me tourmentais pour en commencer le récit d'une manière séduisante et originale. « Il était une fois ! » beau commencement pour assoupir dès le début. « Dans la petite ville de S***, vivait… » ou bien d'entrer aussitôt *medias in res*[3], comme : « Qu'il aille au diable ! s'écriait, la fureur et l'effroi peints dans ses yeux égarés, l'étudiant Nathanaël, lorsque le marchand de baromètres, Giuseppe Coppola… » J'avais en effet commencé d'écrire de la sorte, lorsque je crus voir quelque chose de bouffon dans les yeux égarés de l'étudiant Nathanaël ; et vraiment l'histoire n'est nullement facétieuse[4]. Il ne me vint sous ma plume aucune phrase qui reflétât le moins du monde l'éclat du coloris de mon image

---

1. *Tarir* : épuiser.
2. *Esquisse* : ébauche.
3. *Medias in res* : au cœur de l'action (plus souvent *in medias res*).
4. *Facétieuse* : drôle.

intérieure. Je résolus alors de ne pas commencer du tout. On voudra donc bien prendre les trois lettres que mon ami Lothaire a eu la bonté de me communiquer, pour l'esquisse de mon tableau que je m'efforcerai, durant le cours de mon
50 récit, d'animer de mon mieux. Peut-être réussirai-je, comme les bons peintres de portrait, à marquer maint personnage d'une touche expressive, de manière à le faire trouver ressemblant sans qu'on ait vu l'original, à éveiller le souvenir d'un objet encore inconnu ; peut-être aussi parviendrai-je à
55 persuader à mon lecteur que rien n'est plus fantastique et plus fou que la vie réelle, et que le poète se borne à en recueillir un reflet confus, comme dans un miroir mal poli. Et afin que l'on sache dès le commencement ce qu'il est nécessaire de savoir, je dois ajouter, comme éclaircissement
60 à ces lettres, que, bientôt après la mort du père de Nathanaël, Clara et Lothaire, enfants d'un parent éloigné, mort aussi depuis peu, furent recueillis par la mère de Nathanaël, dans sa famille. Clara et Nathanaël se sentirent un vif penchant l'un pour l'autre, contre lequel personne sur la terre
65 n'eut rien à opposer. Ils étaient donc fiancés l'un à l'autre, lorsque Nathanaël quitta sa ville natale pour aller terminer ses études à Göttingen[1]. Il se trouve là dans sa dernière lettre, et il suit des cours chez le célèbre professeur de physique Spalanzani. Maintenant, je pourrais continuer brave-
70 ment mon récit, mais l'image de Clara se présente si vivement à mon esprit que je ne saurais en détourner les yeux. Ainsi m'arrivait-il toujours lorsqu'elle me regardait avec un doux sourire. – Clara ne pouvait point passer pour belle ; c'est ce que prétendaient tous ceux qui s'entendent

---

1. *Göttingen* : ville d'Allemagne située en Basse-Saxe.

d'office[1] à juger de la beauté. Cependant les architectes louaient la pureté des lignes de sa taille, les peintres trouvaient son dos, ses épaules et son sein formés d'une façon peut-être trop chaste[2] ; mais tous, ils étaient épris de sa ravissante chevelure, qui rappelait celle de la Madeleine de Corregio[3], et ne tarissaient point sur la richesse de son teint, digne de Battoni[4]. L'un d'eux, en véritable fantasque, comparait ses yeux à un lac de Ruisdael[5], où se mirent l'azur du ciel, l'émail des fleurs et les feux animés du jour. Les poètes et les virtuoses allaient plus loin. « Que me parlez-vous de lac, de miroir ! disaient-ils. Pouvons-nous contempler cette jeune fille sans que son regard fasse jaillir de notre âme des chants et des harmonies célestes ! » Clara avait l'imagination vive et animée d'un enfant joyeux et innocent, un cœur de femme tendre et délicat, une intelligence pénétrante et lucide. Les esprits légers et présomptueux[6] ne réussissaient point auprès d'elle ; car, tout en conservant sa nature silencieuse et modeste, le regard pétillant de la jeune fille et son sourire ironique semblaient leur dire : « Pauvres ombres que vous êtes, espérez-vous passer à mes yeux pour des figures nobles, pleines de vie et de sève ? » Aussi accusait-on Clara d'être froide, prosaïque[7] et insensible ; mais d'autres, qui voyaient mieux la vie, aimaient

---

1. *D'office* : sans qu'on le leur ait demandé.
2. *Chaste* : sage, vertueuse.
3. *Il Corregio* (le Corrège en français) : peintre italien de la haute Renaissance (v. 1489-1534).
4. *Battoni* [sic] (Pompeo Batoni) : célèbre portraitiste italien (1708-1787).
5. *Jacob Van Ruisdael* : peintre, dessinateur et graveur hollandais (1628/29-1682) qui réalisa de nombreux paysages.
6. *Présomptueux* : audacieux, prétentieux.
7. *Prosaïque* : qui manque d'élévation, commune.

inexprimablement cette charmante fille. Toutefois, nul ne l'aimait plus que Nathanaël, qui cultivait les sciences et les arts avec goût et énergie. Clara chérissait Nathanaël de toutes les forces de son âme ; leur séparation lui causa ses premiers chagrins. Avec quelle joie elle se jeta dans ses bras lorsqu'il revint à la maison paternelle, comme il l'avait annoncé dans sa lettre à Lothaire. Ce que Nathanaël avait espéré arriva. Dès qu'il vit sa fiancée, il oublia et l'avocat Coppelius, et la lettre métaphysique[1] de Clara, qui l'avait choqué ; tous ses soucis se trouvèrent effacés. Mais, cependant, Nathanaël avait dit vrai en écrivant à son ami Lothaire : la figure du repoussant Coppola avait exercé une funeste influence sur son âme. Dès les premiers jours de son arrivée, on s'aperçut que Nathanaël avait entièrement changé d'allure. Il s'abandonnait à de sombres rêveries, et se conduisait d'une façon singulière. La vie pour lui n'était plus que rêves et pressentiments ; il parlait toujours de la destinée des hommes qui, se croyant libres, sont ballottés[2] par les puissances invisibles et leur servent de jouet, sans pouvoir leur échapper. Il alla même plus loin, il prétendit que c'était folie que de croire à des progrès dans les arts et dans les sciences, fondés sur nos forces morales, car l'exaltation, sans laquelle on est incapable de produire, ne vient pas de notre âme, mais d'un principe extérieur, dont nous ne sommes pas les maîtres. Clara éprouvait un éloignement profond pour ces idées mystiques[3], mais elle s'efforçait vainement de les réfuter. Seulement, lorsque Nathanaël

---

1. *Métaphysique* : qui a pour objet la connaissance de l'être absolu, des causes de l'univers.
2. *Ballottés* : secoués, agités, tiraillés.
3. *Mystiques* : relatives à une croyance cachée, supérieure à la raison.

démontrait que Coppelius était le mauvais principe qui s'était attaché à lui depuis le moment où il s'était caché derrière un rideau pour l'observer, et que ce démon ennemi troublerait leurs heureuses amours d'une manière cruelle, Clara devenait tout à coup sérieuse, et disait : « Oui, Nathanaël, Coppelius est un principe ennemi qui troublera notre bonheur, si tu ne le bannis de ta pensée : sa puissance est dans ta crédulité. »

Nathanaël, irrité de voir Clara rejeter l'existence du démon, et l'attribuer à la seule faiblesse d'âme, voulut procéder à ses preuves par toutes les doctrines mystiques de la Dæmonologie[1] ; mais Clara rompit la discussion avec humeur en l'interrompant par une phrase indifférente, au grand chagrin de Nathanaël. Celui-ci pensa alors que les âmes froides renfermaient ces mystères à leur propre insu, et que Clara appartenait à cette nature secondaire ; aussi se promit-il de ne rien négliger pour l'initier à ces secrets. Le lendemain matin, tandis que Clara préparait le déjeuner, il vint se placer près d'elle et se mit à lui lire divers passages de ses livres mystiques. « Mais, mon cher Nathanaël, dit Clara après quelques instants d'attention, que dirais-tu si je te regardais comme le mauvais principe qui influe sur mon café ? Car, si je passais mon temps à t'écouter lire et à te regarder dans les yeux, comme tu l'exiges, mon café bouillonnerait déjà sur les cendres, et vous n'auriez tous rien à déjeuner. »

Nathanaël referma le livre avec violence, et parcourut la chambre d'un air irrité. Jadis, il excellait à composer des histoires agréables et animées qu'il écrivait avec art, et Clara

---

1. *Dæmonologie* : étude des démons.

trouvait un plaisir excessif à les entendre ; mais depuis, ses compositions étaient devenues sombres, vagues, inintelligibles, et il était facile de voir au silence de Clara qu'elle les trouvait peu agréables. Rien n'était plus mortel, pour Clara, que l'ennui ; dans ses regards et dans ses discours, se trahissaient aussitôt un sommeil et un engourdissement insurmontables ; et les compositions de Nathanaël étaient devenues véritablement fort ennuyeuses. Son humeur contre la disposition froide et positive[1] de sa fiancée s'accroissait chaque jour, et Clara ne pouvait cacher le mécontentement que lui faisait éprouver le sombre et fastidieux mysticisme[2] de son ami ; c'est ainsi qu'insensiblement leurs âmes s'éloignaient de plus en plus l'une de l'autre. Enfin, Nathanaël nourrissant toujours la pensée que Coppelius devait troubler sa vie, en vint à le prendre pour le sujet d'une de ses poésies. Il se représenta avec Clara, liés d'un amour tendre et fidèle ; mais au milieu de leur bonheur, une main noire s'étendait de temps en temps sur eux, et leur ravissait[3] quelqu'une de leurs joies. Enfin, au moment où ils se trouvaient devant l'autel où ils devaient être unis, l'horrible Coppelius apparaissait et touchait les yeux charmants de Clara qui s'élançaient aussitôt dans le sein de Nathanaël, où ils pénétraient avec l'ardeur de deux charbons ardents. Coppelius s'emparait de lui et le jetait dans un cercle de feu qui tournait avec la rapidité de la tempête, et l'entraînait au milieu de sourds et bruyants murmures. C'était un déchaînement, comme lorsque l'ouragan fouette avec colère les vagues écumantes

---

1. *Disposition* […] *positive* : tempérament d'une personne attachée aux choses concrètes, aux connaissances s'imposant à l'esprit par l'expérience.
2. *Mysticisme* : caractère mystique (voir note 3 p. 58).
3. *Ravissait* : emportait, volait.

qui grandissent et s'abaissent dans leur lutte furieuse, ainsi que des noirs géants à têtes blanchies. Du fond de ces gémissements, de ces cris, de ces bruissements sauvages, s'élevait la voix de Clara : « Ne peux-tu donc pas me regarder ? disait-elle. Coppelius t'a abusé[1], ce n'étaient pas mes yeux qui brûlaient dans ton sein, c'étaient les gouttes bouillantes de ton propre sang pris au cœur. J'ai mes yeux, regarde-moi ! » Tout à coup le cercle de feu cessa de tourner, les mugissements s'apaisèrent, Nathanaël vit sa fiancée ; mais c'était la mort décharnée[2] qui le regardait d'un air amical avec les yeux de Clara.

En composant ce morceau, Nathanaël resta fort calme et réfléchi ; il lima[3] et améliora chaque vers, et comme il s'était soumis à la gêne des formes métriques[4], il n'eut pas de relâche jusqu'à ce que le tout fût bien pur et harmonieux. Mais lorsqu'il eut enfin achevé sa tâche, et qu'il relut ses stances[5], une horreur muette s'empara de lui, et il s'écria avec effroi : « Quelle voix épouvantable se fait entendre ! » Ensuite il reconnut qu'il avait réussi à composer des vers remarquables, et il lui sembla que l'esprit glacial de Clara devait s'enflammer à leur lecture, quoiqu'il ne se rendît pas bien compte de la nécessité d'enflammer l'esprit de Clara, et du désir qu'il avait de remplir son âme d'images horribles et de pressentiments funestes à leur amour. – Nathanaël et Clara se trouvaient dans le petit jardin de la maison. Clara était très gaie, parce que, depuis trois jours que Nathanaël

---

1. ***T'a abusé*** : t'a trompé.
2. ***Décharnée*** : squelettique.
3. ***Lima*** : fignola.
4. ***La gêne des formes métriques*** : les contraintes de la versification.
5. ***Stances*** : ici, strophes.

était occupé de ses vers, il ne l'avait pas tourmentée de ses prévisions et de ses rêves. De son côté, Nathanaël parlait avec plus de vivacité et semblait plus joyeux que de coutume. Clara lui dit : « Enfin, je t'ai retrouvé tout entier ; tu vois bien que nous avons tout à fait banni le hideux Coppelius ? » Nathanaël se souvint alors qu'il avait ses vers dans sa poche. Il tira aussitôt le cahier où ils se trouvaient, et se mit à les lire. Clara, s'attendant à quelque chose d'ennuyeux, comme de coutume, et se résignant, se mit à tricoter paisiblement. Mais les nuages noirs s'amoncelant[1] de plus en plus devant elle, elle laissa tomber son ouvrage et regarda fixement Nathanaël. Celui-ci continua sans s'arrêter, ses joues se colorèrent, des larmes coulèrent de ses yeux ; enfin, en achevant, sa voix s'éteignit, et il tomba dans un abattement profond. – Il prit la main de Clara, et prononça plusieurs fois son nom en soupirant. Clara le pressa doucement contre son sein, et lui dit d'une voix grave : « Nathanaël, mon bien-aimé Nathanaël ! jette au feu cette folle et absurde histoire ! »

Nathanaël se leva aussitôt, et s'écria en repoussant Clara : « Loin de moi, stupide automate ! » et il s'échappa. Clara répandit un torrent de larmes. « Ah ! s'écria-t-elle, il ne m'a jamais aimée, car il ne me comprend pas. » Et elle se mit à gémir. – Lothaire entra dans le bosquet. Clara fut obligée de lui conter ce qui venait de se passer. Il aimait sa sœur de toute son âme, chacune de ses paroles excita sa fureur, et le mécontentement qu'il nourrissait contre Nathanaël et ses rêveries fit place à une indignation profonde. Il courut le trouver, et lui reprocha si durement l'insolence de sa

---

1. S'amoncelant : s'entassant.

conduite envers Clara, que le fougueux[1] Nathanaël ne put se contenir plus longtemps. Les mots de fat[2], d'insensé et de fantasque furent échangés contre ceux d'âme matérielle et vulgaire. Le combat devint dès lors inévitable. Ils résolurent de se rendre le lendemain matin derrière le jardin, et de s'attaquer, selon les usages académiques[3], avec de courtes rapières[4]. Ils se séparèrent d'un air sombre. Clara avait entendu une partie de ce débat ; elle prévit ce qui devait se passer. – Arrivés sur le lieu du combat, Lothaire et Nathanaël venaient de se dépouiller silencieusement de leurs habits, et ils s'étaient placés vis-à-vis l'un de l'autre, les yeux étincelants d'une ardeur meurtrière, lorsque Clara ouvrit précipitamment la porte du jardin, et se jeta entre eux. « Vous me tuerez avant que de vous battre, forcenés[5] que vous êtes ! Tuez-moi ! oh ! tuez-moi ! Voudriez-vous que je survécusse à la mort de mon frère ou à celle de mon amant ! » Lothaire laissa tomber son arme, et baissa les yeux en silence ; mais Nathanaël sentit renaître en lui tous les feux de l'amour ; il revit Clara telle qu'il la voyait autrefois ; son épée s'échappa de sa main, et il se jeta aux pieds de Clara. « Pourras-tu jamais me pardonner, ô ma Clara, ma chérie, mon unique amour ! Mon frère Lothaire, oublieras-tu mes torts ? »

Lothaire s'élança dans ses bras ; ils s'embrassèrent tous les trois en pleurant, et se jurèrent de rester éternellement unis par l'amour et par l'amitié. Pour Nathanaël, il lui

---

1. *Fougueux* : bouillant, vif, impétueux.
2. *Fat* : prétentieux, vaniteux.
3. *Académiques* : qui suivent les règles conventionnelles.
4. *Rapières* : épées effilées.
5. *Forcenés* : fous.

semblait qu'il fût déchargé d'un poids immense qui l'accablait, et qu'il eût trouvé assistance contre les influences funestes qui avaient terni son existence. Après trois jours de bonheur, passés avec ses amis, il repartit pour Göttingen, où il devait séjourner un an, puis revenir pour toujours dans sa ville natale. On cacha à la mère de Nathanaël tout ce qui avait trait à Coppelius ; car on savait qu'elle ne pouvait songer sans effroi à cet homme à qui elle attribuait la mort de son mari.

V

Quel fut l'étonnement de Nathanaël lorsque, voulant entrer dans sa demeure, il vit que la maison tout entière avait brûlé, et qu'il n'en restait qu'un monceau[1] de décombres, autour desquels s'élevaient les quatre murailles nues et noircies. Bien que le feu eût éclaté dans le laboratoire du chimiste, situé au plus bas étage, les amis de Nathanaël étaient parvenus à pénétrer courageusement dans sa chambre, et à sauver ses livres, ses manuscrits et ses instruments. Le tout avait été transporté dans une autre maison, où ils avaient loué une chambre dans laquelle Nathanaël s'installa. Il ne remarqua pas d'abord qu'il demeurait vis-à-vis du professeur Spalanzani, et il ne s'attacha pas beaucoup à contempler Olimpia, dont il pouvait distinctement apercevoir la figure, bien que ses traits restassent couverts d'un nuage causé par l'éloignement. Mais enfin il fut frappé de voir Olimpia rester durant des heures entières dans la même position, telle qu'il l'avait entrevue un jour à travers la porte de glace; inoccupée, les mains posées sur une petite table et les yeux invariablement

---

1. *Monceau* : accumulation, amas.

dirigés vers lui. Nathanaël s'avouait qu'il n'avait jamais vu une si belle taille ; mais l'image de Clara était dans son cœur, et il resta indifférent à la vue d'Olimpia ; seulement, de temps en temps, il jetait un regard furtif, par-dessus son compendium[1], vers la belle statue. C'était là tout. Un jour, il était occupé à écrire à Clara, lorsqu'on frappa doucement à sa porte. À son invitation, on l'ouvrit, et la figure repoussante de Coppola se montra dans la chambre. Nathanaël se sentit remué jusqu'au fond de l'âme ; mais songeant à ce que Spalanzani lui avait dit au sujet de son compatriote Coppola, et à ce qu'il avait promis à sa bien-aimée touchant l'Homme au Sable Coppelius, il eut honte de sa faiblesse enfantine, et il fit un effort sur lui-même pour parler avec douceur à cet étranger. « Je n'achète point de baromètres, mon cher ami, lui dit-il. Allez, et laissez-moi seul. »

Mais Coppola s'avança jusqu'au milieu de la chambre et lui dit d'une voix rauque, en contractant sa vaste bouche pour lui faire former un horrible sourire : « Vous ne voulez point de baromètres ? mais z'ai aussi à vendre des youx, des zolis youx ! – Des yeux, dis-tu ? s'écria Nathanaël hors de lui, comment peux-tu avoir des yeux ? »

Mais en un instant, Coppola se fut débarrassé de ses tubes, et fouillant dans une poche immense, il en tira des lunettes qu'il déposa sur la table. « Ce sont des lunettes, des lunettes pour mettre sur le nez ! Des youx ! des bons youx, signor ! » En parlant ainsi, il ne cessait de retirer des lunettes de sa poche, en si grand nombre, que la table où elles se trouvaient, frappée par un rayon du soleil, étincela tout à

---

1. *Compendium* : résumé.

coup d'une mer de feux prismatiques[1]. Des milliers d'yeux semblaient darder[2] des regards flamboyants sur Nathanaël ; mais il ne pouvait détourner les siens de la table ; Coppola ne cessait d'y amonceler des lunettes, et ces regards devenant de plus en plus innombrables, étincelaient toujours davantage et formaient comme un faisceau de rayons sanglants qui venaient se perdre sur la poitrine de Nathanaël. Frappé d'un effroi sans nom, il s'élança sur Coppola, et arrêta son bras au moment où il plongeait encore une fois sa main dans sa poche pour en tirer de nouvelles lunettes, bien que toute la table en fût encombrée.
« Arrête, arrête, homme terrible ! » lui cria-t-il.

Coppola se débarrassa doucement de lui, en ricanant et en disant : « Allons, allons, ce n'est pas pour vous, signor ! Mais voici les lorgnettes[3], des zolies lorgnettes ! » Et en un clin d'œil, il eut fait disparaître toutes les lunettes, et tiré d'une autre poche une multitude de lorgnettes de toutes les dimensions. Dès que les lunettes eurent disparu, Nathanaël redevint calme, et songeant à Clara, il se persuada que toutes ces apparitions naissaient de son cerveau. Coppola ne fut plus à ses yeux un magicien et un spectre effrayant, mais un honnête opticien dont les instruments n'offraient rien de surnaturel ; et pour tout réparer, il résolut de lui acheter quelque chose. Il prit donc une jolie lorgnette de poche, artistement travaillée, et pour en faire l'essai, il s'approcha de la fenêtre. Jamais il n'avait trouvé un instrument dont les verres fussent aussi exacts et aussi bien

---

1. *Prismatiques* : qui ont la forme d'un prisme.
2. *Darder* : jeter, lancer.
3. *Lorgnettes* : petites lunettes grossissantes.

combinés pour rapprocher les objets sans nuire à la perspective, et pour les reproduire dans toute leur exactitude. Il tourna involontairement la lorgnette vers l'appartement de Spalanzani. Olimpia était assise comme de coutume, devant la petite table, les mains jointes. Nathanaël s'aperçut alors pour la première fois de la beauté des traits d'Olimpia. Les yeux seuls lui semblaient singulièrement fixes et comme morts : mais plus il regardait à travers la lunette, plus il semblait que les yeux d'Olimpia s'animassent de rayons humides. C'était comme si le point visuel se fût allumé subitement, et ses regards devenaient à chaque instant plus vivaces et plus brillants. Nathanaël, perdu dans la contemplation de la céleste Olimpia, était enchaîné près de la fenêtre, comme par un charme. Le bruit qui se fit entendre près de lui le réveilla de son rêve. C'était Coppola qui le tirait par l'habit. « *Tre Zechini*, trois ducats[1] », disait-il.

Nathanaël avait complètement oublié l'opticien ; il lui paya promptement le prix qu'il lui demandait. « N'est-ce pas, une belle lorgnette, une belle lorgnette ? dit Coppola en laissant échapper un gros rire. – Oui, oui ! répondit Nathanaël avec humeur. Adieu, mon cher ami. Allez, allez. » Et Coppola quitta la chambre, non sans lancer un singulier regard à Nathanaël, qui l'entendit rire aux éclats, en descendant. « Sans doute il se moque de moi, parce que j'ai payé trop cher cette lorgnette ! » se dit-il.

En ce moment un soupir plaintif se fit entendre derrière lui. Nathanaël put à peine respirer, tant fut grand son effroi. Il écouta quelques instants. « Clara a bien raison de me traiter de visionnaire, dit-il enfin. Mais n'est-il pas

---

1. *Ducats* : ancienne monnaie d'or des ducs ou doges de Venise.

singulier que l'idée d'avoir payé trop cher cette lorgnette à Coppola m'ait causé un sentiment d'épouvante!» Il se remit alors à sa table pour terminer sa lettre à Clara, mais un regard jeté vers la fenêtre lui apprit qu'Olimpia était encore là; et au même instant, poussé par une force irrésistible, il saisit la lorgnette de Coppola et ne se détacha des regards séducteurs de sa belle voisine qu'au moment où son camarade Sigismond vint l'appeler pour se rendre au cours du professeur Spalanzani. Le rideau de la porte de glace était soigneusement abaissé, il ne put voir Olimpia. Les deux jours suivants, elle se déroba également à ses regards, bien qu'il ne quittât pas un instant la fenêtre, la paupière collée contre le verre de sa lorgnette. Le troisième jour même, les rideaux des croisées[1] s'abaissèrent. Plein de désespoir, brûlant d'ardeur et de désir, il courut hors de la ville. Partout l'image d'Olimpia flottait devant lui dans les airs; elle s'élevait au-dessus de chaque touffe d'arbre, de chaque buisson, et elle le regardait avec des yeux étincelants, du fond des ondes claires de chaque ruisseau. Celle de Clara était entièrement effacée de son âme; il ne songeait à rien qu'à Olimpia, et il s'écriait en gémissant: «Astre brillant de mon amour, ne t'es-tu donc levé que pour disparaître aussitôt, et me laisser dans une nuit profonde!»

---

1. *Croisées* : fenêtres.

VI

En rentrant dans sa demeure, Nathanaël s'aperçut qu'un grand mouvement avait lieu dans la maison du professeur. Les portes étaient ouvertes, on apportait une grande quantité de meubles ; les fenêtres des premiers étages étaient levées, des servantes affairées allaient et venaient, armées de longs balais ; et des menuisiers, des tapissiers faisaient retentir la maison de coups de marteau. Nathanaël s'arrêta dans la rue, frappé de surprise. Sigismond s'approcha de lui, et lui dit en riant : « Hé bien, que dis-tu de notre vieux Spalanzani ? » Nathanaël lui répondit qu'il ne pouvait absolument rien dire du professeur, attendu qu'il ne savait rien sur lui, mais qu'il ne pouvait assez s'étonner du bruit et du tumulte qui régnaient dans cette maison toujours si monotone et si tranquille. Sigismond lui apprit alors que Spalanzani devait donner le lendemain une grande fête, concert et bal, et que la moitié de l'université avait été invitée. On répandait le bruit que Spalanzani laisserait paraître, pour la première fois, sa fille Olimpia qu'il avait cachée jusqu'alors, avec une sollicitude[1] extrême à tous les yeux.

---

1. *Sollicitude* : intérêt, affection.

Nathanaël trouva chez lui une lettre d'invitation, et se rendit, le cœur agité, chez le professeur, à l'heure fixée, lorsque les voitures commençaient à affluer, et que les salons resplendissaient déjà de lumières. La réunion était nombreuse et brillante. Olimpia parut dans un costume d'une richesse extrême et d'un goût parfait. On ne pouvait se défendre d'admirer ses formes et ses traits. Ses épaules, légèrement arrondies, la finesse de sa taille qui ressemblait au corsage d'une guêpe, avaient une grâce extrême, mais on remarquait quelque chose de mesuré et de raide dans sa démarche qui excita quelques critiques. On attribua cette gêne à l'embarras que lui causait le monde si nouveau pour elle. Le concert commença. Olimpia joua du piano avec une habileté sans égale, et elle dit un air de bravoure[1], d'une voix si claire et si argentine[2], qu'elle ressemblait au son d'une cloche de cristal. Nathanaël était plongé dans un ravissement profond ; il se trouvait placé aux derniers rangs des auditeurs, et l'éclat des bougies l'empêchait de bien reconnaître les traits d'Olimpia. Sans être vu, il tira la lorgnette de Coppola, et se mit à contempler la belle cantatrice. Dieu ! quel fut son délire ! il vit alors que les regards pleins de désirs de la charmante Olimpia cherchaient les siens, et que les expressions d'amour de son chant semblaient s'adresser à lui. Les roulades[3] brillantes retentissaient aux oreilles de Nathanaël comme le frémissement céleste[4] de l'amour heureux,

---

1. *Air de bravoure* : air brillant destiné à faire valoir le talent de la chanteuse.
2. *Argentine* : qui résonne d'un son clair comme l'argent.
3. *Roulades* : successions de notes chantées rapidement sur une seule syllabe.
4. *Céleste* : merveilleux, divin.

et lorsque enfin le morceau se termina par un long *trillo*[1] qui retentit dans la salle en éclats harmonieux, il ne put s'empêcher de s'écrier dans son extase : « Olimpia ! Olimpia ! » Tous les yeux se tournèrent vers Nathanaël ; les étudiants, qui se trouvèrent près de lui, se mirent à rire. L'organiste[2] de la cathédrale prit un air sombre et lui fit signe de se contenir. Le concert était terminé, le bal commença. – Danser avec elle ! Avec elle ! – Ce fut là le but de tous les désirs de Nathanaël, de tous ses efforts ; mais comment s'élever à ce degré de courage ; l'inviter, elle, la reine de la fête ? Cependant il ne sut lui-même comment la chose s'était faite ; mais la danse avait déjà commencé lorsqu'il se trouva tout près d'Olimpia, qui n'avait pas encore été invitée, et après avoir balbutié quelques mots, sa main se plaça dans la sienne. La main d'Olimpia était glacée, et dès cet attouchement, il se sentit lui-même pénétré d'un froid mortel. Il regarda Olimpia ; l'amour et le désir parlaient dans ses yeux, et alors il sentit aussitôt les artères de cette main froide battre avec violence, et un sang brûlant circuler dans ces veines glaciales. Nathanaël frémit, son cœur se gonfla d'amour ; de son bras, il ceignit la taille de la belle Olimpia et traversa, avec elle, la foule des valseurs. Jusqu'alors il se croyait danseur consommé et fort attentif à l'orchestre ; mais à la régularité toute rythmique avec laquelle dansait Olimpia, et qui le mettait souvent hors de toute mesure, il reconnut bientôt combien son oreille avait jusqu'alors défailli. Toutefois, il ne voulut plus danser avec aucune autre femme, et il eût volontiers égorgé quiconque se fût approché d'Olimpia

---

1. *Trillo* : mot italien désignant le battement rapide et ininterrompu sur deux notes voisines exécuté par la voix (« trille », en français).
2. *Organiste* : celui qui joue de l'orgue.

pour l'inviter. Mais cela n'arriva que deux fois, et, à la grande surprise de Nathanaël, il put danser avec elle durant toute la fête.

Si Nathanaël eût été en état de voir quelque chose outre Olimpia, il n'eût pas évité des querelles funestes ; car des murmures moqueurs, des rires mal étouffés s'échappaient de tous les groupes de jeunes gens dont les regards curieux s'attachaient à la belle Olimpia, sans qu'on pût en connaître le motif. Échauffé par la danse, par le punch[1], Nathanaël avait déposé sa timidité naturelle ; il avait pris place auprès d'Olimpia, et, sa main dans la sienne, il lui parlait de son amour en termes exaltés que personne ne pouvait comprendre, ni Olimpia, ni lui-même. Cependant elle le regardait invariablement dans les yeux, et soupirant avec ardeur, elle faisait sans cesse entendre ces exclamations : « Ah ! ah ! ah ! – Ô femme céleste, créature divine, disait Nathanaël, rayon de l'amour qu'on nous promet dans l'autre vie ! Âme claire et profonde dans laquelle se mire tout mon être ! » Mais Olimpia se bornait à soupirer de nouveau et à répondre : « Ah ! ah ! »

Le professeur Spalanzani passa plusieurs fois devant les deux amants et se mit à sourire avec satisfaction, mais d'une façon singulière, en les voyant ensemble. Cependant du milieu d'un autre hémisphère où l'amour l'avait transporté, il sembla bientôt à Nathanaël que les appartements du professeur devenaient moins brillants ; il regarda autour de lui, et ne fut pas peu effrayé, en voyant que les deux dernières bougies qui étaient restées allumées, menaçaient de s'éteindre. Depuis longtemps la musique et la danse

---

1. *Punch* : boisson alcoolisée à base de rhum.

avaient cessé. « Se séparer, se séparer ! » s'écria-t-il avec douleur et dans un profond désespoir. Il se leva alors pour baiser la main d'Olimpia, mais elle s'inclina vers lui et des lèvres glacées reposèrent sur ses lèvres brûlantes ! – La légende de la Morte Fiancée[1] lui vint subitement à l'esprit, il se sentit saisi d'effroi, comme lorsqu'il avait touché la froide main d'Olimpia ; mais celle-ci le retenait pressé contre son cœur, et dans leurs baisers, ses lèvres semblaient s'échauffer du feu de la vie. Le professeur Spalanzani traversa lentement la salle déserte ; ses pas retentissaient sur le parquet, et sa figure, entourée d'ombres vacillantes, lui donnait l'apparence d'un spectre. « M'aimes-tu ? – M'aimes-tu, Olimpia ? – Rien que ce mot ! – M'aimes-tu ? » Ainsi murmurait Nathanaël. Mais Olimpia soupira seulement, et prononça en se levant : « Ah ! ah ! – Mon ange, dit Nathanaël, ta vue est pour moi un phare qui éclaire mon âme pour toujours ! – Ah ! ah ! » répliqua Olimpia en s'éloignant. Nathanaël la suivit ; ils se trouvèrent devant le professeur « Vous vous êtes entretenu bien vivement avec ma fille, dit le professeur en souriant. Allons, allons, mon cher monsieur Nathanaël, si vous trouvez du goût à converser avec cette jeune fille timide, vos visites me seront fort agréables. »

Nathanaël prit congé, et s'éloigna emportant le ciel dans son cœur.

---

1. Le thème de la morte fiancée ou, plus largement, du fantôme féminin, est récurrent en littérature depuis le Moyen Âge. Il a été très exploité par les auteurs de littérature fantastique, et notamment par Gautier dans son conte *La Morte amoureuse* (1836).

VII

Le lendemain, la fête de Spalanzani fut l'objet de toutes les conversations. Bien que le professeur eût fait tous ses efforts pour se montrer d'une façon splendide, on trouva toutefois mille choses à critiquer, et l'on s'attacha surtout à déprécier[1] la raide et muette Olimpia, que l'on accusa de stupidité complète ; on s'expliqua par ce défaut le motif qui avait porté Spalanzani à la tenir cachée jusqu'alors. Nathanaël n'entendit pas ces propos sans colère ; mais il garda le silence, car il pensait que ces misérables ne méritaient pas qu'on leur démontrât que leur propre stupidité les empêchait de connaître la beauté de l'âme d'Olimpia. « Fais-moi un plaisir, frère, lui dit un jour Sigismond, dis-moi comment il se fait qu'un homme sensé comme toi se soit épris de cette automate, de cette figure de cire ? »

Nathanaël allait éclater, mais il se remit promptement, et il répondit : « Dis-moi, Sigismond, comment il se fait que les charmes célestes d'Olimpia aient échappé à tes yeux clairvoyants[2] ; à ton âme ouverte à toutes les impressions du

---
1. *Déprécier* : critiquer.
2. *Clairvoyants* : perspicaces, intelligents.

beau ! Mais je rends grâce[1] au sort de ne t'avoir point pour rival, car il faudrait alors que l'un de nous tombât sanglant aux pieds de l'autre ! »

Sigismond vit bien où en était son ami ; il détourna adroitement le propos, et ajouta, après avoir dit qu'en amour on ne pouvait juger d'aucun objet : « Il est cependant singulier qu'un grand nombre de nous aient porté le même jugement sur Olimpia. Elle nous a semblé... – ne te fâche point, frère –, elle nous a semblé à tous sans vie et sans âme. Sa taille est régulière, ainsi que son visage, il est vrai, et elle pourrait passer pour belle, si ses yeux lui servaient à quelque chose. Sa marche est bizarrement cadencée, et chacun de ses mouvements lui semble imprimé par des rouages[2] qu'on fait successivement agir. Son jeu, son chant ont cette mesure régulière et désagréable, qui rappelle le jeu de la machine ; il en est de même de sa danse. Cette Olimpia est devenue pour nous un objet de répulsion, et nous ne voudrions rien avoir de commun avec elle ; car il nous semble qu'elle appartient à un ordre d'êtres inanimés, et qu'elle fait semblant de vivre. »
Nathanaël ne s'abandonna pas aux sentiments d'amertume que firent naître en lui ces paroles de Sigismond. Il répondit simplement et avec gravité : « Pour vous autres, âmes prosaïques[3], il se peut qu'Olimpia vous soit un être étrange. Une organisation semblable ne se révèle qu'à l'âme d'un poète ! Ce n'est qu'à moi que s'est adressé le feu de son regard d'amour ; ce n'est que dans Olimpia que j'ai retrouvé mon être. Elle ne se livre pas, comme les esprits superficiels,

---

1. *Je rends grâce* : je remercie.
2. *Rouages* : pièces d'un mécanisme.
3. *Prosaïques* : voir note 7, p. 57.

à des conversations vulgaires ; elle prononce peu de mots, il est vrai ; mais ce peu de mots, c'est comme l'hiéroglyphe[1] du monde invisible, monde plein d'amour et de connaissance de la vie intellectuelle en contemplation de l'éternité. Tout cela aussi n'a pas de sens pour vous, et ce sont autant de paroles perdues ! – Dieu te garde, mon cher camarade ! dit Sigismond avec douceur et d'un ton presque douloureux ; mais il me semble que tu es en mauvais chemin. Compte sur moi, si tout… non, je ne veux pas t'en dire davantage. »

Nathanaël crut voir tout à coup que le froid et prosaïque Sigismond lui avait voué une amitié loyale, et il lui serra cordialement la main. Nathanaël avait complètement oublié qu'il y avait dans le monde une Clara qu'il avait aimée autrefois. Sa mère, Lothaire, tous ces êtres étaient sortis de sa mémoire ; il ne vivait plus que pour Olimpia, auprès de laquelle il se rendait sans cesse pour lui parler de son amour, de la sympathie des âmes, des affinités psychiques, toutes choses qu'Olimpia écoutait d'un air fort édifié[2]. Nathanaël tira des profondeurs de son pupitre tout ce qu'il avait écrit autrefois, poésies, fantaisies, visions, romans, nouvelles ; ces élucubrations[3] s'augmentaient chaque jour de sonnets et de stances[4] recueillies dans l'air bleu ou au clair de la lune, et il lisait toutes ces choses à Olimpia, sans se fatiguer. Mais aussi il n'avait jamais trouvé un auditeur aussi admirable. Elle brodait et ne tricotait pas, elle ne

---

1. *Hiéroglyphe* : caractère des plus anciennes écritures égyptiennes. Par extension, le mot désigne ici des paroles qui méritent d'être déchiffrées.
2. *Édifié* : porté par la vertu.
3. *Élucubrations* : théories peu sensées.
4. *Stances* : voir note 5, p. 61.

regardait pas la fenêtre, elle ne nourrissait pas d'oiseau, elle ne jouait pas avec un petit chien, avec un chat favori, elle ne contournait pas un morceau de papier dans ses doigts, elle n'essayait pas de calmer un bâillement par une petite toux forcée ; bref, elle le regardait durant des heures entières, sans se reculer et sans se remuer, et son regard devenait de plus en plus brillant et animé ; seulement, lorsque Nathanaël se levait enfin, et prenait sa main pour la porter à ses lèvres, elle disait : « Ah ! ah ! » puis : « Bonne nuit, mon ami. – Âme sensible et profonde ! s'écriait Nathanaël en rentrant dans sa chambre, toi seule, toi seule au monde tu sais me comprendre ! » Il frémissait de bonheur, en songeant aux rapports intellectuels qui existaient entre lui et Olimpia, et qui s'augmentaient chaque jour, et il lui semblait qu'une voix intérieure lui eût exprimé les sentiments de la charmante fille du professeur. Il fallait bien qu'il en eût été ainsi ; car Olimpia ne prononçait jamais d'autres mots que ceux que j'ai cités. Mais lorsque Nathanaël se souvenait, dans ses moments lucides (comme le matin en se réveillant, lorsque l'âme est à *jeûn* d'impressions), du mutisme et de l'inertie d'Olimpia, il se consolait en disant : « Que sont les mots ? – Rien que des mots ! Son regard céleste en dit plus que tous les langages. Son cœur est-il donc forcé de se resserrer dans le cercle étroit de nos besoins, et d'imiter nos cris plaintifs et misérables, pour exprimer sa pensée ? » Le professeur Spalanzani parut enchanté des liaisons de sa fille avec Nathanaël, et il en témoigna sa satisfaction d'une manière non équivoque[1], en disant qu'il laisserait sa fille choisir librement son époux. – Encouragé par ces paroles,

---

1. *D'une manière non équivoque* : sans ambiguïté.

le cœur brûlant de désirs, Nathanaël résolut de supplier, le lendemain, Olimpia de lui dire en paroles expresses ce que ses regards lui donnaient à entendre depuis si longtemps. Il chercha l'anneau que sa mère lui avait donné en le quittant,
105 car il voulait le mettre au doigt d'Olimpia, en signe d'union éternelle. Tandis qu'il se livrait à cette recherche, les lettres de Lothaire et de Clara tombèrent sous ses mains ; il les rejeta avec indifférence, trouva l'anneau, le passa à son doigt, et courut auprès d'Olimpia. Il montait déjà les
110 degrés[1], et il se trouvait sous le vestibule, lorsqu'il entendit un singulier fracas. Le bruit semblait venir de la chambre d'étude de Spalanzani : un trépignement, des craquements, des coups sourds, frappés contre une porte, et entremêlés de malédictions et de jurements. « Lâcheras-tu ! lâcheras-tu !
115 infâme ! misérable ! Après y avoir sacrifié mon corps et ma vie !

– Ah ! ah ! ah ! ah ! Ce n'était pas là notre marché. Moi, j'ai fait les yeux !

– Moi, les rouages !

120 – Imbécile, avec tes rouages !

– Maudit chien !

– Misérable horloger !

– Éloigne-toi, satan !

– Arrête, vil manœuvre !

125 – Bête infernale ! t'en iras-tu ?

– Lâcheras-tu ? »

C'était la voix de Spalanzani et celle de l'horrible Coppelius, qui se mêlaient et tonnaient ensemble. Nathanaël, saisi d'effroi, se précipita dans le cabinet. Le

---

1. ***Degrés*** : marches de l'escalier.

professeur avait pris un corps de femme par les épaules, l'Italien Coppola le tenait par les pieds, et ils se l'arrachaient, et ils le tiraient d'un côté et de l'autre, luttant avec fureur pour le posséder. Nathanaël recula tremblant d'horreur, en reconnaissant cette figure pour celle d'Olimpia ; enflammé de colère, il s'élança sur ces deux furieux, pour leur enlever sa bien-aimée ; mais, au même instant, Coppola arracha avec vigueur le corps d'Olimpia des mains du professeur, et le soulevant, il l'en frappa si violemment, qu'il tomba à la renverse par-dessus la table, au milieu des fioles, des cornues[1] et des cylindres qui se brisèrent en mille éclats. Coppola mit alors le corps sur ses épaules et descendit rapidement l'escalier, en riant aux éclats. On entendait les pieds d'Olimpia qui pendaient sur son dos, frapper les degrés de bois et retentir comme une matière dure. Nathanaël resta immobile. Il n'avait vu que trop distinctement que la figure de cire d'Olimpia n'avait pas d'yeux, et que de noires cavités lui en tenaient lieu. C'était un automate sans vie. Spalanzani se débattait sur le parquet ; des éclats de verre l'avaient blessé à la tête, à la poitrine et aux bras, et son sang jaillissait avec abondance ; mais il ne tarda pas à recueillir ses forces. « Poursuis-le ! poursuis-le !... que tardes-tu ? – Coppelius, le misérable Coppelius m'a ravi mon meilleur automate. J'y ai travaillé vingt ans... J'y ai sacrifié mon corps et ma vie !... les rouages, la parole, tout, tout était de moi. Les yeux... il te les avait volés. Le scélérat[2] !... Cours après lui... rapporte-moi mon Olimpia..., en voilà les yeux... »

---

1. *Cornues* : récipients à col étroit, longs et courbés, qui servent à distiller, utilisés en laboratoire.
2. *Scélérat* : bandit.

Nathanaël aperçut alors sur le parquet une paire d'yeux sanglants qui le regardaient fixement. Spalanzani les saisit et les lui lança si vivement qu'ils vinrent frapper sa poitrine. Le délire le saisit alors et confondit toutes ses pensées. « Hui, hui, hui !… s'écria-t-il en pirouettant. Tourne, tourne, cercle de feu !… tourne, belle poupée de bois… allons, valsons gaiement !… gaiement belle poupée !… »

À ces mots, il se jeta sur le professeur et lui tordit le col[1]. Il l'eût infailliblement étranglé, si quelques personnes, attirées par le bruit, n'étaient accourues et n'avaient délivré des mains du furieux Nathanaël le professeur dont on pansa[2] aussitôt les blessures. Sigismond eut peine à se rendre maître de son camarade, qui ne cessait de crier d'une voix terrible : « Allons, valsons gaiement ! gaiement belle poupée ! » et qui frappait autour de lui à coups redoublés. Enfin, on parvint à le renverser et à le garrotter[3]. Sa parole s'affaiblit et dégénéra en un rugissement sauvage. Le malheureux Nathanaël resta en proie au plus affreux délire. On le transporta dans l'hospice[4] des fous.

---

1. *Col* : cou.
2. *Pansa* : soigna.
3. *Garrotter* : ligoter.
4. *Hospice* : asile.

VIII

Avant que de m'occuper de l'infortuné Nathanaël, je dirai d'abord à ceux qui ont pris quelque intérêt à l'habile mécanicien et fabricant d'automates, Spalanzani, qu'il fut complètement guéri de ses blessures. Il se vit toutefois forcé de quitter l'université, parce que l'histoire de Nathanaël avait produit une grande sensation, et qu'on regarda comme une insolente tromperie la conduite qu'il avait tenue en menant sa poupée de bois dans les cercles de la ville où elle avait eu quelque succès. Les juristes trouvaient cette ruse d'autant plus punissable qu'elle avait été dirigée contre le public, et avec tant de finesse, qu'à l'exception de quelques étudiants profonds, personne ne l'avait deviné, bien que, depuis, chacun se vantât d'avoir conçu quelques soupçons. Les uns prétendaient avoir remarqué qu'Olimpia éternuait plus souvent qu'elle ne bâillait, ce qui choque tous les usages. C'était, disait-on, le résultat du mécanisme intérieur qui craquait alors d'une manière distincte. À ce sujet, le professeur de poésie et d'éloquence prit une prise, frappa sur sa tabatière, et dit solennellement : « Vous n'avez pas trouvé le point où gît[1] la question,

---

1. *Gît* : repose, demeure.

messieurs. Le tout est une allégorie, une métaphore continuée. – Me comprenez-vous ? *Sapienti sat*[1] ! » Mais un grand nombre de gens ne se contenta pas de cette explication. L'histoire de l'automate avait jeté de profondes racines dans leur âme, et il se glissa en eux une affreuse méfiance envers les figures humaines. Beaucoup d'amants, afin d'être bien convaincus qu'ils n'étaient pas épris d'une automate, exigèrent que leurs maîtresses dansassent hors de mesure, et chantassent un peu faux ; ils voulurent qu'elles se missent à tricoter lorsqu'ils leur faisaient la lecture, et avant toutes choses, ils exigèrent d'elles qu'elles parlassent quelquefois *réellement*, c'est-à-dire que leurs paroles exprimassent quelquefois des sentiments et des pensées, ce qui fit rompre la plupart des liaisons amoureuses. Coppola avait disparu avant Spalanzani.

Nathanaël se réveilla un jour comme d'un rêve pénible et profond. Il ouvrit les yeux, et se sentit ranimé par un sentiment de bien-être infini, par une douce et céleste chaleur. Il était couché dans sa chambre, dans la maison de son père ; Clara était penchée sur son lit, auprès duquel se tenaient sa mère et Lothaire. « Enfin, enfin, mon bien-aimé Nathanaël ! – Tu nous es donc rendu ! »

Ainsi parlait Clara d'une voix attendrie, en serrant dans ses bras son Nathanaël, dont les larmes coulèrent en abondance. « Ma Clara ! ma Clara ! » s'écria-t-il, saisi de douleur et de ravissement.

Sigismond, qui avait fidèlement veillé près de son ami, entra dans la chambre. Nathanaël lui tendit la main : « Mon camarade, mon frère, lui dit-il, tu ne m'as donc pas abandonné ! »

---

1. *Sapienti sat* : « les sages savent », en latin.

Toutes les traces de la folie avaient disparu, et bientôt les soins de sa mère, de ses amis et de sa bien-aimée lui rendirent toutes ses forces. Le bonheur avait reparu dans cette maison. Un vieil oncle auquel personne ne songeait était mort, et avait légué à la mère de Nathanaël une propriété étendue, située dans un lieu pittoresque, à une petite distance de la ville. C'est là qu'ils voulaient tous se retirer, la mère, Nathanaël avec sa Clara qu'il devait épouser, et Lothaire. Nathanaël était devenu plus doux que jamais ; il avait retrouvé la naïveté de son enfance, et il appréciait bien alors l'âme pure et céleste de Clara. Personne ne lui rappelait, par le plus léger souvenir, ce qui s'était passé. Lorsque Sigismond s'éloigna, Nathanaël lui dit seulement : « Par Dieu, frère ! j'étais en mauvais chemin, mais un ange m'a ramené à temps sur la route du ciel ! cet ange, c'est Clara ! » Sigismond ne lui en laissa pas dire davantage de crainte de le ramener à des idées fâcheuses. Le temps vint où ces quatre êtres heureux devaient aller habiter leur domaine champêtre. Dans la journée, ils traversèrent ensemble les rues de la ville pour faire quelques emplettes. La haute tour de la maison de ville jetait son ombre gigantesque sur le marché. « Si nous montions là-haut pour contempler encore une fois nos belles montagnes ? » dit Clara. Ce qui fut dit, fut fait. Nathanaël et Clara montèrent ; la mère retourna au logis avec la servante, et Lothaire, peu désireux de gravir tant de marches, resta au bas du clocher. Bientôt les deux amants se trouvèrent près l'un de l'autre, sur la plus haute galerie de la tour, et leurs regards plongèrent dans les bois parfumés, derrière lesquels s'élevaient les montagnes bleues, comme des villes de géants. « Vois donc ce singulier bouquet d'arbres qui semble s'avancer vers nous ! » dit Clara.

Nathanaël fouilla machinalement dans sa poche ; il y trouva la lorgnette de Coppelius. Il la porta à ses yeux et vit l'image d'Olimpia ! Ses artères battirent avec violence, des éclairs pétillaient de ses yeux, et il se mit à mugir comme une bête
85 féroce ; puis il fit vingt bonds dans les airs, et s'écria en riant aux éclats : « Belle poupée ! valse gaiement ! gaiement, belle poupée. » Saisissant alors Clara avec force, il voulut la précipiter du haut de la galerie ; mais, dans son désespoir, Clara s'attacha nerveusement à la balustrade. Lothaire entendit
90 les éclats de rire du furieux Nathanaël, il entendit les cris d'effroi de Clara ; un horrible pressentiment s'empara de lui, il monta rapidement ; la porte du second escalier était fermée. – Les cris de Clara augmentaient sans cesse. Éperdu de rage et d'effroi, il poussa si violemment la porte qu'elle
95 céda enfin. Les cris de Clara devenaient de plus en plus faibles : « Au secours… sauvez-moi, sauvez-moi… » Ainsi se mourait sa voix dans les airs. « Elle est morte – assassinée par ce misérable ! » s'écriait Lothaire. La porte de la galerie était également fermée. Le désespoir lui donna des forces
100 surnaturelles, il la fit sauter de ses gonds. – Dieu du ciel ! Clara était balancée dans les airs hors de la galerie par Nathanaël ; une seule de ses mains serrait encore les barreaux de fer du balcon. Rapide comme l'éclair, Lothaire s'empare de sa sœur, l'attire vers lui, et frappant d'un coup
105 vigoureux Nathanaël au visage, il le force de se dessaisir de sa proie. Lothaire se précipita rapidement jusqu'au bas des marches, emportant dans ses bras sa sœur évanouie. – Elle était sauvée. – Nathanaël, resté seul sur la galerie, la parcourait en tous sens et bondissait dans les airs en s'écriant :
110 « Tourne, cercle de feu ! tourne ! » La foule s'était assemblée à ses cris, et, du milieu d'elle, on voyait Coppelius qui

dépassait ses voisins de la hauteur des épaules. On voulut monter au clocher pour s'emparer de l'insensé; mais Coppelius dit en riant : « Ah ! ah ! attendez un peu, il descendra tout seul ! » Et il se mit à regarder comme les autres. Nathanaël s'arrêta tout à coup immobile. Il se baissa, regarda Coppelius, et s'écria d'une voix perçante : « Ah ! des beaux youx ! des jolis youx ! » Et il se précipita pardessus la galerie. Dès que Nathanaël se trouva étendu sur le pavé, la tête brisée, Coppelius disparut.

On assure que, quelques années après, on vit Clara dans une contrée éloignée, assise devant une jolie maison de plaisance qu'elle habitait. Près d'elle étaient son heureux mari et trois charmants enfants. Il faudrait en conclure que Clara trouva enfin le bonheur domestique que lui promettait son âme sereine et paisible, et que n'eût jamais pu lui procurer le fougueux et exalté Nathanaël.

DOSSIER

- **Portraits**
- **Effet grossissant : la structure de l'œuvre**
- **Par le petit bout de la lorgnette : au fil du texte**
- **Littérature fantastique : automates et autres statues vivantes**

Portraits

Retrouvez quel personnage se cache derrière chacun de ces portraits.

1. « .... avait l'imagination vive et animée d'un enfant joyeux et innocent, un cœur de femme tendre et délicat, une intelligence pénétrante et lucide. »
2. « Nathanaël s'aperçut alors pour la première fois de la beauté des traits de .... Les yeux seuls lui semblaient singulièrement fixes et comme morts : mais plus il regardait à travers la lunette, plus il semblait que [ces] yeux s'animassent de rayons humides. »
3. « .... est un singulier personnage, un homme rond, aux pommettes saillantes, le nez pointu et les yeux perçants. »
4. « .... se montrait toujours avec un habit de couleur cendre, coupé à la vieille mode, une veste et des culottes semblables, des bas noirs et des souliers à boucles de strass complétaient cet ajustement. »

Effet grossissant : la structure de l'œuvre

1. Une même scène se répète dans le récit d'Hoffmann : la confrontation de Nathanaël et de l'Homme au Sable, identifié successivement par le héros dans les personnes de Coppelius et de Coppola. En effet, l'Homme au Sable – le personnage de conte qui jette du sable dans les yeux des enfants, jusqu'« à leur faire pleurer du sang » – resurgit à travers eux, tout comme l'angoisse de la mutilation, la peur d'avoir les yeux arrachés.

Si les personnages se superposent dans l'esprit de Nathanaël, ils tendent aussi à se confondre dans le nôtre. Saurez-vous retrouver qui de Coppelius ou de Coppola vient troubler la vie du jeune homme à différents moments ? et ce que chacun dit à propos des yeux ?

Coppelius •
Coppola •

• Il apparaît en marchand de baromètres qui offre ses instruments à Nathanaël.

• Surpris par Nathanaël, il veut jeter dans les yeux du jeune homme une poignée de charbons en feu.

• Il apparaît en vendeur de lunettes qui offre sa marchandise à Nathanaël.

• Nathanaël le surprend aux prises avec Spalanzani, arrachant Olimpia – automate ayant des cavités noires à la place des yeux – des mains du professeur. Ce dernier jette les yeux d'Olimpia dans la poitrine du jeune homme.

• Dans un poème, il touche les yeux de Clara, qui s'élancent dans le cœur de Nathanaël.

• Il resurgit dans la vie de Nathanël par le biais de la lorgnette qu'il lui a vendue, alors que le jeune homme semblait guéri de ses vieux démons.

Coppelius •
Coppola •

• « Des yeux ! des yeux ! [...] Maintenant, [...] nous avons des yeux – des yeux –, une belle paire d'yeux d'enfant ! »

• « Mais z'ai aussi à vendre des youx, des zolis youx ! »

2. Retrouvez l'ordre chronologique des différentes étapes du traumatisme vécu par Nathanaël jusqu'à sa mort, en les numérotant (1, puis 2, etc.) :

	Fasciné, le jeune homme se jette dans le vide en criant d'une voix perçante : « Ah ! des beaux youx, des jolis youx ! »
	La mère de Nathanaël et la vieille servante lui racontent un conte pour enfant : l'histoire de l'Homme au Sable.
	Le père de Nathanaël meurt au cours d'une expérience alchimique.
	Nathanaël saisit Clara pour la jeter par-dessus la balustrade.
	Caché derrière un rideau, Nathanaël assiste, en voyeur, à un étrange spectacle. Celui qu'il appelle l'Homme au Sable – en fait Coppelius, un ami de la famille qu'il a en horreur – se livre à d'étranges activités avec son père.
	Nathanaël surprend Spalanzani et Coppola en train de démembrer celle dont il voulait faire sa femme. Ses yeux ont été arrachés et Nathanaël les reçoit en pleine poitrine.

Par le petit bout de la lorgnette : au fil du texte

1. De l'effet d'un conte raconté aux enfants (chapitre I)
   1. Qui est Lothaire ? Pourquoi Nathanaël lui écrit-il ?
   2. Relevez les mots appartenant au champ lexical de l'inquiétude.
   3. Quelle réaction Nathanaël craint-il de la part de Clara et de la part de Lothaire ? Pourquoi ?

4. Dans quelles circonstances la mère de Nathanaël évoque-t-elle pour la première fois l'histoire de l'Homme au Sable ? En quoi ces circonstances font-elles naître crainte et confusion dans l'esprit de Nathanaël ?
5. En quoi le conte raconté par la vieille servante rend-il le personnage de l'Homme au Sable encore plus effrayant ?
6. Dans la lettre de Nathanaël, relevez les expressions et phrases qui montrent le caractère obsessionnel qu'a pris pour lui l'Homme au Sable.

2. Où le conte devient réalité : la scène de voyeurisme (chapitre I)

1. Où l'enfant se cache-t-il ?
2. Quel personnage découvre-t-il derrière celui qu'il appelle l'Homme au Sable ?
3. Que font le père de Nathanaël et Coppelius ?
4. À quels mots Nathanaël s'effondre-t-il sur le parquet ?
5. Dans quel but Coppelius s'empare-t-il de l'enfant ?
6. Le père de Nathanaël défend son enfant mais Coppelius parvient quand même à faire quelques manipulations sur le jeune garçon. Quelles sont-elles ?

3. La mort du père (chapitre I)

1. Quelle promesse le père de Nathanaël fait-il à sa femme lorsque Coppelius revient un an plus tard leur rendre visite ?
2. Qu'arrive-t-il au père de Nathanaël ?
3. Qui Nathanaël accuse-t-il de la mort de son père ? Cette accusation s'appuie-t-elle sur des preuves ?

4. Clara ou l'esprit clair (chapitre II)

1. Pourquoi Clara a-t-elle lu la lettre que Nathanaël destinait à Lothaire ?
2. Aux inquiétudes de Nathanaël, Clara oppose une grande sérénité dans la lettre qu'elle lui écrit. Vous le remarquerez en complétant le tableau suivant :

	Le point de vue de Nathanaël	Le point de vue de Clara
Entrevues nocturnes entre Coppelius et le père de Nathanaël	Ces entrevues ont un caractère diabolique.	
Mort du père de Nathanaël	Coppelius est l'assassin de son père.	
Caractère diabolique de Coppelius : fantasme ou réalité ?	Coppelius est une puissance ennemie qui agit de manière funeste sur les êtres.	

5. Le professeur Spalanzani (chapitre III)
   1. Que reproche Nathanaël à Clara ? à Lothaire ?
   2. Alors qu'il a acquis la certitude que Coppelius et Coppola ne sont pas la même personne, pourquoi Nathanaël n'est-il pas entièrement tranquillisé ?
   3. Quel nouveau personnage entre dans la vie de Nathanaël ? Quel métier fait-il ?
   4. Nathanaël observe une jeune femme à travers une porte de verre. En quoi son attitude lui paraît-elle singulière ?
   5. Qui est cette femme ?

6. Le poème funeste (chapitre IV)
   1. Le récit est pris en charge par un nouveau narrateur. Qui est-il ?
   2. Le narrateur éprouve des difficultés à commencer son récit. Il énonce deux procédés qu'il pourrait adopter. Quels sont-ils ? Quelle solution a-t-il finalement choisie ?

3. Indiquez si les affirmations suivantes sont vraies ou fausses en cochant la bonne case :

	V	F
D'après le narrateur, « rien n'est plus fou que la vie réelle »		
Clara et Lothaire ont été recueillis après la mort de leur père par la mère de Nathanaël		
Clara et Nathanaël se détestent		
Clara est très belle		
Clara a une intelligence pénétrante et lucide		
On accuse Clara d'être froide et prosaïque		

4. Qu'est-ce que Clara tente d'expliquer à Nathanaël lorsqu'elle lui indique que « Coppelius est un esprit ennemi qui troublera [leur] bonheur, s'[il] ne le bannit de [sa] pensée », que la « puissance » de ce personnage réside dans la « crédulité » du jeune homme ?
5. Pourquoi Clara éprouve-t-elle moins de plaisir à écouter les histoires écrites par Nathanaël ?
6. Coppelius frappe une nouvelle fois, à travers un poème de Nathanaël. Quel bonheur vient-il détruire ? Dans les vers que Nathanaël lit à Clara, que fait Coppelius ? Quelle métamorphose Clara subit-elle ?
7. Lorsque Nathanaël achève sa lecture, quels sont les mots de Clara ?
8. Pourquoi Nathanaël et Lothaire sont-ils amenés à se battre ?
9. Qui empêche de justesse le duel ?

7. Olimpia (chapitre V)
1. Où Nathanaël demeure-t-il désormais ?
2. De Clara ou d'Olimpia, qui Nathanaël préfère-t-il désormais ?
3. De qui Nathanaël reçoit-il la visite ? Que lui achète-t-il ?

8. Le bal (chapitres VI et VII)
1. Pourquoi la maison de Spalanzani est-elle prise d'une agitation exceptionnelle ?
2. Relevez dans le texte les indices qui montrent qu'Olimpia se comporte de façon étrange.
3. Que reproche-t-on à Olimpia au lendemain de la fête ?
4. Comment Nathanaël justifie-t-il aux yeux des autres l'attrait qu'il éprouve pour Olimpia ?
5. Quel engagement décide-t-il de prendre avec celle qu'il aime ?
6. De quelle horrible scène est-il le témoin en arrivant chez Spalanzani ?

9. La chute fatale (chapitre VIII)
1. Pourquoi Spalanzani doit-il quitter l'université ?
2. Quel trouble l'histoire de l'automate a-t-elle jeté dans les âmes ?
3. Le bonheur retrouvé est de courte durée. Expliquez ce qui précipite Nathanaël vers la mort.

Littérature fantastique : automates et autres statues vivantes

Le thème de l'automate, et de façon plus générale celui de l'être artificiel, est récurrent dans la littérature fantastique. En effet, ces créatures à l'apparence humaine suscitent questions et angoisses : sont-elles des êtres vivants ? Peuvent-elles se substituer à l'homme ? Elles remettent en question des principes aussi essentiels que ceux de la création ou de la relation entre la vie et la mort... La méfiance est de mise. Elle s'étend jusqu'au créateur lui-même, savant dont on interroge la santé intellectuelle et psychique...

Un autre motif fantastique, qui exploite, comme l'être artificiel, l'ambivalence mort-vie, est celui des objets ordinaires soudainement doués de vie : ont-ils réellement cette capacité ou faut-il douter des facultés de celui qui y décèle une forme d'existence ?

Villiers de L'Isle-Adam, *L'Ève future* (1886)

Les origines de *L'Ève future*, vaste roman publié en mai 1886, remontent à l'année 1877. À cette date, la révélation en France de l'invention de l'Américain Thomas Alva Edison, le phonographe[1], inspira à Villiers de L'Isle-Adam (1838-1889) ce conte satirique, destiné à railler la prétention de la science moderne à rivaliser avec la nature.

Dans ce récit, Thomas Alva Edison a conçu une série d'inventions qui lui permettraient de créer un être artificiel. Une visite inattendue lui fournit l'occasion de mettre son idée à exécution : celle de son vieil ami Lord Ewald, que son amour pour la cantatrice Alicia Clary, une femme aussi belle que sotte, a plongé dans le désespoir. Pour le détourner du suicide, Edison promet de créer à son intention une Andréide, être artificiel qui aura exactement le physique d'Alicia mais sera doté, grâce à un ingénieux système de phonographes, d'un esprit digne de sa beauté.

Dans cet extrait, Edison présente son œuvre à Lord Ewald. La créature artificielle, qu'il appelle « Miss Hadaly », n'a pas encore l'enveloppe de chair – l'apparence de la belle Alicia

---

[1]. ***Phonographe*** : appareil constitué d'un récepteur, d'un enregistreur et d'un reproducteur des sons et de la voix.

Clary – que le savant prévoit de lui donner. Elle n'est encore qu'un être immatériel entouré de voiles, dont seule la voix témoigne de l'existence.

À trois pas d'Edison et de Lord Ewald, l'apparition s'arrêta ; puis, d'une voix délicieusement grave :

« Eh bien ! Mon cher Edison, me voici ! » dit-elle.

Lord Ewald, ne sachant que penser de ce qu'il voyait, la regardait en silence.

« L'heure est venue de vivre, si vous voulez, miss Hadaly, répondit Edison.

– Oh ! je ne tiens pas à vivre ! murmura doucement la voix à travers le voile étouffant.

– Ce jeune homme vient de l'accepter pour toi ! continua l'électricien en jetant dans un récepteur la carte photographique de miss Alicia.

– Qu'il en soit donc selon sa volonté ! » dit, après un instant et après un léger salut vers Lord Ewald, Hadaly.

Edison, à ce mot, le regarda ; puis, réglant de l'ongle un interrupteur, envoya s'enflammer une forte éponge de magnésium à l'autre bout du laboratoire.

Un puissant pinceau de lumière éblouissante partit, dirigé par un réflecteur [1], et se répercuta sur un objectif disposé en face de la carte photographique de miss Alicia Clary. Au-dessous de cette carte, un autre réflecteur multipliait sur elle la réfraction de ses pénétrants rayons.

Un carré de verre se teinta, presque instantanément, à son centre, dans l'objectif ; puis le verre sortit de lui-même de sa rainure et entra dans une manière de cellule métallique, trouée de deux jours circulaires.

---

1. *Réflecteur* : appareil destiné à réfléchir, au moyen de miroirs, de surfaces prismatiques.

Le rai incandescent traversa le centre impressionné du verre par l'ouverture qui lui faisait face, ressortit, coloré, par l'autre jour qu'entourait le cône évasé d'un projectif[1], et, dans un vaste cadre, sur une toile de soie blanche, tendue sur la muraille, apparut alors, en grandeur naturelle, la lumineuse et transparente image d'une jeune femme, statue charnelle de la *Venus Victrix*[2], en effet, s'il en palpita jamais une sur cette terre d'illusions.

« Vraiment, murmura Lord Ewald, je rêve, il me semble !

– Voici la forme où tu seras incarnée, dit Edison, en se tournant vers Hadaly. »

Celui-ci fit un pas vers l'image radieuse qu'elle parut contempler un instant sous la nuit de son voile.

« Oh !... si belle !... Et me forcer de vivre ! » dit-elle à voix basse, et comme à elle-même.

Puis, inclinant la tête sur sa poitrine, avec un profond soupir :

« Soit ! » ajouta-t-elle.

Le magnésium s'éteignit ; la vision du cadre disparut.

Edison étendit la main à la hauteur du front de Hadaly.

Celle-ci tressaillit un peu, tendit, sans une parole, la symbolique fleur d'or à Lord Ewald, qui l'accepta, non sans un vague frémissement ; puis, se détournant, reprit, de sa même

---

1. *Projectif* : néologisme, synonyme de réflecteur.
2. Vénus est la déesse romaine présidant à la végétation et aux jardins. Au IIe siècle av. J.-C., elle fut assimilée à l'Aphrodite grecque, déesse de l'amour et de la fécondité, et se fit protectrice des « grands ambitieux » – Pompée, César... – qui vénéraient la déesse sous les appellations *Venus Felix* (Vénus qui donne la chance), *Venus Genitrix* (Vénus mère) et *Venus Victrix* (Vénus victorieuse). À plusieurs reprises, Alicia, qui a servi de modèle à l'élaboration de Hadaly, est comparée à la *Venus Victrix*, une statue sans bras qui se trouve au Louvre : Villiers de L'Isle-Adam pense à la *Vénus de Milo*.

démarche somnambulique, le chemin de l'endroit merveilleux d'où elle était venue.

Arrivée au seuil, elle se retourna ; puis, élevant ses deux mains vers le voile noir de son visage, elle envoya, d'un geste tout baigné d'une grâce d'adolescente, un lointain baiser à ceux qui l'avaient évoquée.

Elle rentra, soulevant le pan d'une des draperies de deuil et disparut.

La muraille se referma.

L'Ève future, éd. Nadine Satiat, GF-Flammarion, 1992, p. 179-180.

1. *Une parodie du discours scientifique* : étudiez les champs lexicaux de l'optique et de l'électricité. Montrez que cet extrait adopte la démarche d'une démonstration expérimentale. Identifiez la place de chacun des personnages dans le processus de dévoilement d'une connaissance supérieure.
2. *L'évanescence comme principe d'existence* : quels éléments du texte mettent en évidence le caractère très ténu de l'existence de la créature ? En quoi l'opposition de miss Hadaly à l'idée de vivre condamne-t-elle à l'échec le projet d'Edison ?

Mary Shelley, *Frankenstein* (1817)

Dans son roman, l'Anglaise Mary Shelley (1797-1851) imagine un être entièrement composé de morceaux de cadavres cousus entre eux et à qui un professeur parvient à insuffler la vie par impulsions électriques. Dans ce texte, Mary Shelley développe toutes les potentialités offertes par l'automate. Sa créature s'anime : elle possède un cœur qui bat, est douée de langage, éprouve des sentiments...

■ Boris Karloff est la « créature » dans l'adaptation cinématographique de *Frankenstein* par James Whale (1931).

Ce fut par une lugubre nuit de novembre que je contemplai mon œuvre terminée. Dans une anxiété proche de l'agonie, je rassemblai autour de moi les instruments qui devaient me permettre de faire passer l'étincelle de la vie dans la créature inerte étendue à mes pieds. Il était déjà une heure du matin ; une pluie funèbre martelait les vitres et ma bougie était presque consumée, lorsque, à la lueur de cette lumière à demi éteinte, je vis s'ouvrir l'œil jaune et terne de cet être ; sa respiration pénible commença, et un mouvement convulsif agita ses membres.

Comment décrire mes émotions en présence de cette catastrophe, ou dessiner le malheureux qu'avec un labeur et des soins infinis je m'étais forcé de former ? Ses membres étaient proportionnés entre eux, et j'avais choisi ses traits pour leur beauté. Pour leur beauté ! Grand Dieu ! Sa peau jaune couvrait à peine le tissu des veines et des artères ; ses cheveux étaient d'un noir brillant, et abondants ; ses dents d'une blancheur de nacre ; ces merveilles ne produisaient qu'un contraste plus horrible avec les yeux transparents, qui semblaient presque de la même couleur que les orbites d'un blanc terne qui les encadraient, que son teint parcheminé et ses lèvres droites et noires.

[...] Incapable de supporter la vue de l'être que j'avais créé, je me précipitai hors de la pièce, et restai longtemps dans le même état d'esprit dans ma chambre, sans pouvoir goûter le sommeil. [...] je dormis, il est vrai, mais d'un sommeil troublé par les rêves les plus terribles. [...] Je tressaillis et m'éveillai dans l'horreur ; une sueur froide me couvrait le front, mes dents claquaient, tous mes membres étaient convulsés : c'est alors qu'à la lumière incertaine et jaunâtre de la lune traversant les persiennes de ma fenêtre, j'aperçus le malheureux, le misérable monstre que j'avais créé. Il soulevait le rideau du lit et ses yeux, s'il est permis de les appeler ainsi, étaient fixés sur moi. Ses mâchoires s'ouvraient, et il marmottait[1] des sons inarticulés, en même temps qu'une grimace ridait ses joues. Peut-être parla-t-il, mais je n'entendis rien ; l'une de ses mains était tendue, apparemment pour me retenir, mais je m'échappai et me précipitai en bas. Je me réfugiai dans la cour de la maison que j'habitais, et j'y restai tout le reste de la nuit, faisant les cent pas dans l'agitation la plus grande, écoutant attentivement, guettant et craignant chaque son, comme s'il devait m'annoncer l'approche du cadavre démoniaque à qui j'avais donné la vie de façon si misérable.

Frankenstein, trad. Germain d'Hangest,
éd. Aline Bunod, GF-Flammarion,
coll. «Étonnants Classiques», 2001, p. 57-60.

1. *Naissance de la créature* : en quel mois la créature ouvre-t-elle les yeux ? à quelle heure ? Quel temps fait-il ? Quel est l'éclairage ? De quelle couleur est l'œil qui s'ouvre sur la vie ? Quelle est la couleur de la peau de la créature ? de ses lèvres ? Quel adjectif qualifie son premier mouvement ?
2. *Une atmosphère fantastique* : en réutilisant les réponses données aux questions ci-dessus, expliquez en quoi cette naissance semble plus proche de la mort que de la vie.
3. Pourquoi le créateur fuit-il aussitôt sa créature ? Comment expliquez-vous sa réaction de rejet ?

Prosper Mérimée, *La Vénus d'Ille* (1837)

Dans ce récit de Prosper Mérimée (1803-1870), le fils de M. de Peyrehorade, à la veille de son mariage, engage une partie de pelote basque. Embarrassé par la bague qu'il destine à sa future femme, il glisse l'anneau au doigt d'une statue. Au

---

1. *Marmottait* : marmonnait.

cours de sa nuit de noces, il est mystérieusement assassiné. Voici ce que rapporte sa femme :

« Cette malheureuse jeune personne est devenue folle, me dit-il en souriant tristement. Folle ! tout à fait folle. Voici ce qu'elle conte :

« Elle était couchée, dit-elle, depuis quelques minutes, les rideaux tirés, lorsque la porte de sa chambre s'ouvrit, et quelqu'un entra. Alors Mme Alphonse était dans la ruelle[1] du lit, la figure tournée vers la muraille. Elle ne fit pas un mouvement, persuadée que c'était son mari. Au bout d'un instant, le lit cria comme s'il était chargé d'un poids énorme. Elle eut grand'peur, mais n'osa pas tourner la tête. Cinq minutes, dix minutes peut-être... elle ne peut se rendre compte du temps, se passèrent de la sorte. Puis elle fit un mouvement involontaire, ou bien la personne qui était dans le lit en fit un, et elle sentit le contact de quelque chose de froid comme la glace, ce sont ses expressions. Elle s'enfonça dans la ruelle tremblant de tous ses membres. Peu après, la porte s'ouvrit une seconde fois, et quelqu'un entra qui dit : Bonsoir, ma petite femme. Bientôt après on tira les rideaux. Elle entendit un cri étouffé. La personne qui était dans le lit, à côté d'elle, se leva sur son séant et parut étendre les bras en avant. Elle tourna la tête alors... et vit, dit-elle, son mari à genoux auprès du lit, la tête à la hauteur de l'oreiller, entre les bras d'une espèce de géant verdâtre qui l'étreignait avec force. Elle dit, et m'a répété vingt fois, pauvre femme !... elle dit qu'elle a reconnu... devinez-vous ? La Vénus de bronze, la statue de M. de Peyrehorade... Depuis qu'elle est dans le pays, tout le monde en rêve. Mais je reprends le récit de la malheureuse folle. À ce spectacle, elle perdit connaissance, et probablement

---

1. *Ruelle* : espace libre entre le lit et le mur.

depuis quelques instants elle avait perdu la raison. Elle ne peut en aucune façon dire combien de temps elle demeura évanouie. Revenue à elle, elle revit le fantôme, ou la statue, comme elle dit toujours, immobile, les jambes et le bas du corps dans le lit, le buste et les bras étendus en avant, et entre ses bras son mari, sans mouvement. Un coq chanta. Alors la statue, sortie du lit, laissa tomber le cadavre et sortit. Mme Alphonse se pendit à la sonnette, et vous savez le reste. »

La Vénus d'Ille, éd. Antonia Fonyi,
GF-Flammarion, 1982, p. 55-56.

Le fantastique se plaît à faire coexister deux types de discours : l'un revêt l'apparence de la normalité, l'autre plonge le lecteur dans le surnaturel. Ce texte exploite cette ambivalence.
1. Relevez le champ lexical de l'horreur. Par quels moyens le récit traduit-il les émotions de la jeune femme ?
2. Qui raconte la scène ? Quels éléments indiquent que le narrateur ne croit pas la malheureuse ? En quoi ses interventions entament-elles la crédibilité du récit de la jeune femme ?

Notes et citations

Notes et citations

Notes et citations

Notes et citations

Notes et citations

Notes et citations

Notes et citations

Notes et citations

Les classiques et les contemporains dans la même collection

ALAIN-FOURNIER
Le Grand Meaulnes (353)

ANDERSEN
La Petite Fille et les allumettes et autres contes (171)

ANOUILH
La Grotte (324)

APULÉE
Amour et Psyché (2073)

ASIMOV
Le Club des Veufs noirs (314)

AUCASSIN ET NICOLETTE (43)

BALZAC
Le Bal de Sceaux (132)
Le Chef-d'œuvre inconnu (2208)
Le Colonel Chabert (2007)
Ferragus (48)
Le Père Goriot (349)
La Vendetta (28)

BARBEY D'AUREVILLY
Les Diaboliques – Le Rideau cramoisi, Le Bonheur dans le crime (2190)

BARRIE
Peter Pan (2179)

BAUDELAIRE
Les Fleurs du mal – *Nouvelle édition* (115)

BAUM (L. FRANK)
Le Magicien d'Oz (315)

BEAUMARCHAIS
Le Mariage de Figaro (354)

LA BELLE ET LA BÊTE ET AUTRES CONTES (90)

BERBEROVA
L'Accompagnatrice (6)

BERNARDIN DE SAINT-PIERRE
Paul et Virginie (2170)

LA BIBLE
Histoire d'Abraham (2102)
Histoire de Moïse (2076)

BOVE
Le Crime d'une nuit. Le Retour de l'enfant (2201)

BRADBURY
L'Heure H et autres nouvelles (2050)
L'Homme brûlant et autres nouvelles (2110)

CARRIÈRE (JEAN-CLAUDE)
La Controverse de Valladolid (164)

CARROLL
Alice au pays des merveilles (2075)

CERVANTÈS
Don Quichotte (234)

CHAMISSO
L'Étrange Histoire de Peter Schlemihl (174)

LA CHANSON DE ROLAND (2151)

CATHRINE (ARNAUD)
Les Yeux secs (362)

CHATEAUBRIAND
Mémoires d'outre-tombe (101)

CHEDID (ANDRÉE)
L'Enfant des manèges et autres nouvelles (70)
Le Message (310)
Le Sixième Jour (372)

CHRÉTIEN DE TROYES
Lancelot ou le Chevalier de la charrette (116)
Perceval ou le Conte du graal (88)
Yvain ou le Chevalier au lion (66)

CLAUDEL (PHILIPPE)
Les Confidents et autres nouvelles (246)

COLETTE
Le Blé en herbe (257)

COLIN (FABRICE)
Projet oXatan (327)

COLLODI
Pinocchio (2136)

CORNEILLE
Le Cid – *Nouvelle édition* (18)

DAUDET
Aventures prodigieuses de Tartarin de Tarascon (2210)
Lettres de mon moulin (2068)

DEFOE
    Robinson Crusoé (120)

DIDEROT
    Entretien d'un père avec ses enfants (361)
    Jacques le Fataliste (317)
    Le Neveu de Rameau (2218)
    Supplément au Voyage de Bougainville (189)

DOYLE
    Le Dernier Problème. La Maison vide (64)
    Trois Aventures de Sherlock Holmes (37)

DUMAS
    Le Comte de Monte-Cristo (85)
    Pauline (233)
    Les Trois Mousquetaires, t. 1 et 2 (2142 et 2144)

FABLIAUX DU MOYEN ÂGE (71)

LA FARCE DE MAÎTRE PATHELIN (3)

LA FARCE DU CUVIER ET AUTRES FARCES DU MOYEN ÂGE (139)

FENWICK (JEAN-NOËL)
    Les Palmes de M. Schutz (373)

FERNEY (ALICE)
    Grâce et Dénuement (197)

FEYDEAU-LABICHE
    Deux courtes pièces autour du mariage (356)

FLAUBERT
    La Légende de saint Julien l'Hospitalier (111)
    Un cœur simple (47)

GARCIN (CHRISTIAN)
    Vies volées (346)

GAUTIER
    Le Capitaine Fracasse (2207)
    La Morte amoureuse. La Cafetière et autres nouvelles (2025)

GOGOL
    Le Nez. Le Manteau (5)

GRAFFIGNY (MME DE)
    Lettres d'une péruvienne (2216)

GRIMM
    Le Petit Chaperon rouge et autres contes (98)

GRUMBERG (JEAN-CLAUDE)
    L'Atelier (196)
    Zone libre (357)

HIGGINS (COLIN)
    Harold et Maude – *Adaptation de Jean-Claude Carrière* (343)

HOBB (ROBIN)
    Retour au pays (338)

HOFFMANN
    L'Enfant étranger (2067)
    L'Homme au Sable (2176)
    Le Violon de Crémone. Les Mines de Falun (2036)

HOLDER (ÉRIC)
    Mademoiselle Chambon (2153)

HOMÈRE
    Les Aventures extraordinaires d'Ulysse (2225)
    L'Iliade (2113)
    L'Odyssée (125)

HUGO
    Claude Gueux (121)
    L'Intervention *suivie de* La Grand'mère (365)
    Le Dernier Jour d'un condamné (2074)
    Les Misérables, t. 1 et 2 (96 et 97)
    Notre-Dame de Paris (160)
    Quatrevingt-treize (241)
    Le roi s'amuse (307)
    Ruy Blas (243)

JAMES
    Le Tour d'écrou (236)

JARRY
    Ubu Roi (2105)

KAFKA
    La Métamorphose (83)

KAPUŚCIŃSKI
    Autoportrait d'un reporter (360)

LABICHE
    Un chapeau de paille d'Italie (114)

LA BRUYÈRE
    Les Caractères (2186)

LONDON (JACK)
    L'Appel de la forêt (358)

MME DE LAFAYETTE
    La Princesse de Clèves (308)

LA FONTAINE
    Le Corbeau et le Renard et autres fables – *Nouvelle édition des* Fables, *collège* (319)
    Fables, *lycée* (367)

LANGELAAN (GEORGE)
    La Mouche. Temps mort (330)

LAROUI (FOUAD)
    L'Oued et le Consul et autres nouvelles (239)

LE FANU (SHERIDAN)
    Carmilla (313)

LEROUX
    Le Mystère de la Chambre Jaune (103)
    Le Parfum de la dame en noir (2202)

LOTI
    Le Roman d'un enfant (94)

MARIVAUX
    La Double Inconstance (336)
    L'Île des esclaves (332)

MATHESON (RICHARD)
    Au bord du précipice et autres nouvelles (178)
    Enfer sur mesure et autres nouvelles (2209)

MAUPASSANT
    Boule de suif (2087)
    Le Horla et autres contes fantastiques (11)
    Le Papa de Simon et autres nouvelles (4)
    La Parure et autres scènes de la vie parisienne (124)
    Toine et autres contes normands (312)

MÉRIMÉE
    Carmen (145)
    Mateo Falcone. Tamango (104)
    La Vénus d'Ille – *Nouvelle édition* (348)

MIANO (LÉONORA)
    Afropean Soul et autres nouvelles (326)

LES MILLE ET UNE NUITS
    Ali Baba et les quarante voleurs (2048)
    Le Pêcheur et le Génie. Histoire de Ganem (2009)
    Sindbad le marin (2008)

MOLIÈRE
    L'Amour médecin. Le Sicilien ou l'Amour peintre (342)
    L'Avare – *Nouvelle édition* (12)
    Le Bourgeois gentilhomme – *Nouvelle édition* (352)
    Dom Juan (329)
    L'École des femmes (2143)
    Les Femmes savantes (2029)
    Les Fourberies de Scapin – *Nouvelle édition* (337)
    George Dandin (60)
    Le Malade imaginaire (2017)
    Le Médecin malgré lui (370)
    Le Médecin volant. La Jalousie du Barbouillé (242)
    Le Misanthrope (366)
    Les Précieuses ridicules (2061)
    Le Tartuffe (350)

MONTESQUIEU
    Lettres persanes (95)

MUSSET
    Il faut qu'une porte soit ouverte ou fermée. Un caprice (2149)
    On ne badine pas avec l'amour (2100)

OVIDE
    Les Métamorphoses (92)

PASCAL
    Pensées (2224)

PERRAULT
    Contes – *Nouvelle édition* (65)

PIRANDELLO
    Donna Mimma et autres nouvelles (240)
    Six Personnages en quête d'auteur (2181)

POE
    Le Chat noir et autres contes fantastiques (2069)
    Double Assassinat dans la rue Morgue. La Lettre volée (45)

POUCHKINE
    La Dame de pique et autres nouvelles (19)

PRÉVOST
    Manon Lescaut (309)

PROUST
    Combray (117)

RABELAIS
    Gargantua (2006)
    Pantagruel (2052)

RACINE
    Phèdre (351)

RÉCITS DE VOYAGE
    Le Nouveau Monde (Jean de Léry, 77)
    Les Merveilles de l'Orient (Marco Polo, 2081)

RENARD
    Poil de Carotte (2146)

ROBERT DE BORON
    Merlin (80)

ROMAINS
    L'Enfant de bonne volonté (2107)

LE ROMAN DE RENART – *Nouvelle édition* (335)

ROSTAND
  Cyrano de Bergerac (112)
ROUSSEAU
  Les Confessions (238)
SAND
  Les Ailes de courage (62)
  Le Géant Yéous (2042)
SAUMONT (ANNIE)
  Aldo, mon ami et autres nouvelles (2141)
  La guerre est déclarée et autres nouvelles (223)
SCHNITZLER
  Mademoiselle Else (371)
SÉVIGNÉ (MME DE)
  Lettres (2166)
SHAKESPEARE
  Macbeth (215)
  Roméo et Juliette (118)
SHELLEY (MARY)
  Frankenstein (128)
STENDHAL
  L'Abbesse de Castro (339)
  Vanina Vanini. Le Coffre et le Revenant (44)
STEVENSON
  Le Cas étrange du Dr Jekyll et de M. Hyde (2084)
  L'Île au trésor (91)
STOKER
  Dracula (188)
SWIFT
  Voyage à Lilliput (2179)
TCHÉKHOV
  La Mouette (237)
  Une demande en mariage et autres pièces en un acte (108)

TITE-LIVE
  La Fondation de Rome (2093)
TOURGUÉNIEV
  Premier Amour (2020)
TROYAT (HENRI)
  Aliocha (2013)
VALLÈS
  L'Enfant (2082)
VERLAINE
  Fêtes galantes, Romances sans paroles *précédé de* Poèmes saturniens (368)
VERNE
  Le Tour du monde en 80 jours (2204)
VILLIERS DE L'ISLE-ADAM
  Véra et autres nouvelles fantastiques (2150)
VIRGILE
  L'Énéide (109)
VOLTAIRE
  Candide – *Nouvelle édition* (78)
  L'Ingénu (2211)
  Jeannot et Colin. Le monde comme il va (220)
  Micromégas (135)
  Zadig – *Nouvelle édition* (30)
WESTLAKE (DONALD)
  Le Couperet (248)
WILDE
  Le Fantôme de Canterville et autres nouvelles (33)
ZOLA
  Comment on meurt (369)
  Germinal (123)
  Jacques Damour (363)
  Thérèse Raquin (322)

Les anthologies dans la même collection

AU NOM DE LA LIBERTÉ
   Poèmes de la Résistance (106)
L'AUTOBIOGRAPHIE (2131)
BAROQUE ET CLASSICISME (2172)
LA BIOGRAPHIE (2155)
BROUILLONS D'ÉCRIVAINS
   Du manuscrit à l'œuvre (157)
« C'EST À CE PRIX QUE VOUS MANGEZ DU SUCRE... » Les discours sur l'esclavage d'Aristote à Césaire (187)
CEUX DE VERDUN
   Les écrivains et la Grande Guerre (134)
LES CHEVALIERS DU MOYEN ÂGE (2138)
CONTES DE SORCIÈRES (331)
CONTES DE VAMPIRES (355)
LE CRIME N'EST JAMAIS PARFAIT
   Nouvelles policières 1 (163)
DE L'ÉDUCATION
   Apprendre et transmettre de Rabelais à Pennac (137)
LE DÉTOUR (334)
FAIRE VOIR : QUOI, COMMENT, POUR QUOI ? (320)
FÉES, OGRES ET LUTINS
   Contes merveilleux 2 (2219)
LA FÊTE (259)
GÉNÉRATION(S) (347)
LES GRANDES HEURES DE ROME (2147)
L'HUMANISME ET LA RENAISSANCE (165)
IL ÉTAIT UNE FOIS
   Contes merveilleux 1 (219)
LES LUMIÈRES (158)
LES MÉTAMORPHOSES D'ULYSSE
   Réécritures de L'Odyssée (2167)
MONSTRES ET CHIMÈRES (2191)
MYTHES ET DIEUX DE L'OLYMPE (2127)
NOIRE SÉRIE...
   Nouvelles policières 2 (222)
NOUVELLES DE FANTASY 1 (316)

NOUVELLES FANTASTIQUES 1
   Comment Wang-Fô fut sauvé et autres récits (80)
NOUVELLES FANTASTIQUES 2
   Je suis d'ailleurs et autres récits (235)
ON N'EST PAS SÉRIEUX QUAND ON A QUINZE ANS Adolescence et littérature (156)
PAROLES DE LA SHOAH (2129)
LA PEINE DE MORT
   De Voltaire à Badinter (122)
POÈMES DE LA RENAISSANCE (72)
POÉSIE ET LYRISME (173)
LE PORTRAIT (2205)
RACONTER, SÉDUIRE, CONVAINCRE
   Lettres des XVIIe et XVIIIe siècles (2079)
RÉALISME ET NATURALISME (2159)
RÉCITS POUR AUJOURD'HUI
   17 fables et apologues contemporains (345)
RIRE : POUR QUOI FAIRE ? (364)
RISQUE ET PROGRÈS (258)
ROBINSONNADES
   De Defoe à Tournier (2130)
LE ROMANTISME (2162)
SCÈNES DE LA VIE CONJUGALE
   Le couple au théâtre, de Shakespeare à Yasmina Reza (328)
LE SURRÉALISME (152)
LA TÉLÉ NOUS REND FOUS ! (2221)
LES TEXTES FONDATEURS (340)
TROIS CONTES PHILOSOPHIQUES (311)
   Diderot, Saint-Lambert, Voltaire
TROIS NOUVELLES NATURALISTES (2198)
   Huysmans, Maupassant, Zola
VIVRE AU TEMPS DES ROMAINS (2184)
VOYAGES EN BOHÈME (39)
   Baudelaire, Rimbaud, Verlaine

Création maquette intérieure :
Sarbacane Design.

Composition : IGS-CP.
N° d'édition : L.01EHRN000200.C004
Dépôt légal : janvier 2009
Imprimé en Espagne par Novoprint (Barcelone)